将軍様は新婚中
shogun sama wa
shinkon chuu

将《しょう》軍《ぐん》様《さま》は新《しん》婚《こん》中《ちゅう》

朝《あさ》霞《か》月《つき》子《こ》

ILLUSTRATION：兼《かね》守《もり》美《み》行《ゆき》

将軍様は新婚中

LYNX ROMANCE

CONTENTS

将軍様は新婚中

2―1

クシアラータ国の英雄であり三宝剣が一人、ウェルナード＝ヒュルケン将軍は、不機嫌の真《ま》っ只中《ただなか》にいた。森屋敷と呼ばれる自宅の居間の長椅子に、長い足を伸ばし、腕組みしてふんぞり返る将軍の眉間には深い皺《しわ》が刻まれ、ムスリと結ばれた口元は、いつ爆発してもおかしくない。

（もう、ベルさんったら……）

そんな将軍を見上げるのはフィリオ＝キト。姿勢よくちょこんと椅子に座り、困ったように眉を下げた。桃色の瞳に浮かぶのは、

「しょうがない人なんだから、本当にもう」

という呆《あき》れと苦笑を半分混ぜた表情だ。

確かに、ベル――フィリオだけに許された特別な呼び名――が不機嫌になるのもわからなくはない。

ほんの少し前に城内で、将軍の失職を狙って屋敷に火を放った首謀者と血腥《なまぐさ》い大立ち回りを演じた後、積年の願い叶《かな》ってようやくフィリオと思いを通わせ、結婚するという言葉を貰《もら》ったばかりなのだ。それも私闘の現場に居合わせた大勢の野次馬の前での大告白。

浮かれた人々の輪から離れ、こっそりと二人と一匹で屋敷に戻って来たベルは、思う存分フィリオと恋人らしいことをするつもりだった。

具体的には口づけて、顔を舐《な》めて、首を舐めて、体を舐めて――というように、仮婚の間は禁止されていたあれこれを実行に移すつもりだったのだ。

しかし、だ。忘れてはいけない。

ヒュルケン将軍の屋敷が放火に遭ってまだ一日も経《た》っていない。後片づけと現場検証のために部下や警備兵たちが大勢押し掛けている現状で、どこに二

人でしっとりと甘い時間を過ごす場所があるだろうか。

今もそうだ。窓ガラスの向こうでは、軍服の兵士たちが歩き回り、昨夜の消火活動で疲れているはずの使用人たちも忙しく働いている。燃えてしまった木々の後始末や周辺の手入れに伐採、屋敷内から持ち出した荷車や桶《おけ》、樽《たる》の片づけなど、まだまだすることは多い。

こんな人の目が多い環境で二人だけの世界に浸り、ベルが望む嫁と夫のように振る舞うことが出来るほど、フィリオは図太くない。ここで情に流されるわけにはいかない。

「ね、だからベルさん、そんなに怖い顔しないで。外にいるのはベルさんの部下でしょう？　一緒になって仕事しなくていいの？」

「しない。フィリオは忘れてる。昨日が夜勤。今日は休み」

「あ……」

フィリオは小さく口を開けた。

ばたばたしていたのと、未だベルが軍服のままだったので失念していたが、何もなければ確かに昼の今の時間のベルは非番のはずだった。

「そっか、そうだったね。ごめんねベルさん」

そうなのだ。夜勤に行きたくないと渋るベルを送り出す時に、昼間はゆっくり一緒に過ごせるから我慢して、と言ったのだ。

「もう待たない」

という宣言も貰っていた。下品な表現だが「やる気満々」だったのは想像するまでもない。それを楽しみにしていたベルに仕事に行けというのは、さすがに酷な台詞《せりふ》を言った自覚がある。申し訳ないと思いながらフィリオは、降り積もったばかりの雪のように白い銀髪を揺らしながら、ベルの肩に頭をこつんと寄せた。

「本当にごめんなさい、ベルさん……ウェルナード」

名を呼ばれ、ぴくりとベルの耳が動く。

「でもさすがに今日は仕方がないと思うよ。みんなが一生懸命働いているのを見ながら、自分たちだけゆっくり寛《くつろ》ぐっていうのはちょっと……」

「じゃあ、目に入らないところに行けばいい」

言いながら、既にベルの腕はフィリオを抱えようと伸ばされていた。

「ちょ、ちょっと、ベルさん！　待って待って、下ろして！」

そのまま強行しようと思えば出来たはずのベルだが、フィリオが腕の中で暴れたのと、恋しい人に無茶は出来ないという自制らしきものが働いたせいか、渋々ながら元のように椅子に座り直した。元と違うのは、膝の上にフィリオを乗せているところだろう。

（ご機嫌斜めだなあ、本当に）

もうずっと眉間の皺は刻まれたままだ。

仮婚で共に暮らす間にも、ベルがここまで不機嫌なのは見たことがない。

「あのね、ベルさん」

ベルの眉間に指を当て、引き延ばしながらフィリオは駄々っ子に言い聞かせるように、ゆっくりと話し掛けた。

「火をつけた人がわかっただけじゃ解決しないんだよ。そっちの方は王子やベルさんたちが上手に処理してくれるけど、屋敷はそういうわけにはいかないでしょう？　報告書みたいなのを書かなきゃいけないから、兵士の人たちは間違いがないように調べなきゃいけないし、庭師の人は燃えてしまった庭をどうにかしなくてはって考えなきゃいけない。夜の間に僕と一緒に火を消してくれたお屋敷のみんなも、出来ることをしているんだから、僕たちだけ部屋に引き籠ってしまったら、お屋敷の主人失格だと思う」

「失格？」

「うん。ベルさんも、僕も」

「でも今は俺の時間」

「それはそうだけど、でも今は我慢しよう？　兵士の人たちは事件や荒事に慣れてるかもしれないけど、お屋敷のみんなは普通の人できっとまだ緊張してたり、怖がったりもしてると思う。僕も父上や義兄上《あに》にずっと言われて来たんですよ。威張るだけの人は主人とは言わないんだよって」

　フィリオは、姉が成人するまでキト家の家長をしていた父ペリーニ＝ルキニ侯爵と現在キト家の家令である義兄に、使用人たちが安心して働き暮らせる環境を作るのが家長の格を決定づけると言い聞かせられて育って来た。

「いつもはベルさんが何もしなくてもみんなは平気だと思うよ。でも今は違うでしょ？　家長としてベルさんがしっかりと指揮を取って、不安を取り除いてあげなきゃ」

「不安……。フィリオも不安？」

　問い掛ける青い瞳に、フィリオは柔らかく笑った。

「ううん。僕は平気。だって僕にはベルさんがいるもの」

　途端に輝く顔の何と雄弁なことか。

「だから僕は平気。だから、他の人たちにも大丈夫だよって教えてあげたい。ベルさんは――ウェルナード＝ヒュルケン将軍はこんなにも頼りになる素敵な人なんだよって。駄目ですか？」

　膝の上に座るフィリオは小さく首を傾《かし》げて、ベルを見下ろした。フィリオの顔の方が高い位置にあるために上目遣いという技は使えないが、ベルにとってはそれにも匹敵するフィリオのお強請《ねだ》りだ。

そう、お強請りなのだ、これは。

「俺、頼りになる？」

「うん」

「素敵？」

にっこり微笑《ほほえ》んで肯定すれば、それでもうベルはご機嫌だ。

「俺がかっこいいとフィリオも嬉《うれ》しい？」

「勿論《もちろん》」

「そうか」

何を満足したのか、ベルは満面の笑みになるとフィリオの顔に頬擦りし、頭を撫《な》で回した。

「んっ、ベルさん、髭《ひげ》が痛いよ……」

「ん？」

ざらざらと肌の上を滑る無精髭にチクチク刺激され、むずがるように離れたフィリオの姿に、ベルは自分の顎をざらりと手のひらで撫でた。

「……普通？」

これのどこが痛いのかとでも言いたげなベルの視線に、フィリオはむっと唇を尖《とが》らせた。

「ベルさんは平気かもしれないけど、僕は痛かったんです」

父親のルキニ侯爵のように長さがあれば別だが、生え掛けでの触れ合いは絶対に止《や》めて欲しい。

夜勤をしたり、夜通し行軍したり軍事行動する軍人は仕方ないのかもしれないが、ないならない方が有難い。それが自分の肌に触れるとなればなおさらだ。それに無精髭の存在は、いかに昨夜からずっと慌ただしく過ごして来たかという証明のようなもの。

まだ顎を触って頭を捻《ひね》るベルを見ながら、フィリオは真《ま》っ直《す》ぐに湯殿のある方向を指差した。

「とりあえず、お風呂に入って体を洗って、髭を剃《そ》って、それからこれからのことをいろいろお話ししましょうか」

顎を撫でていたベルの手がピクリと止まった。

「これからのこと？」

「はい。忘れていないでしょう？　だって僕たち結婚するんでしょう？」

「する！」

「だからその話」

「今は駄目なのか？」

「どうせならゆっくりした方がいいでしょう？　髭が伸びたままだったらさっきみたいな頬擦りは出来ないし」

「体を洗ってくる。髭も剃る」

すっくと立ち上がったベルの後ろには、幻の大きな尻尾がブンブンと大きく振られているのが見える。

「ゆっくり綺麗《きれい》に洗って来てね。耳の裏も足の指の間も全部。僕は飲み物を入れて待ってます、ベルさんのために」

自分のためにわざわざフィリオが飲み物を用意するという台詞に、ベルは大股で部屋を出て行った。

「すぐに戻る」

「はい、行ってらっしゃい」

ひらひらと手を振るフィリオに見送られたベルは、バタンと扉を開け放ったままずんずんと奥の湯殿にと廊下を突き進んだ。

あっという間に小さくなった背中に、フィリオは「ふふ」と小さく笑みを零《こぼ》し、長椅子に背中を預けて天井を見上げた。

「なんだかすっかり馴染《なじ》んでしまったみたい」

屋敷の主人はベルなのに、まるで自分の家のように振る舞えてしまう自分が不思議で、そして楽しい。

決して暮らしやすい屋敷ではないと思う。大勢の召使や使用人がいるわけでもなく、至れり尽くせりの世話を焼かれることもない。広い屋敷の中を我が物顔で歩き回る犬や猫に、敷地の半分以上を覆《おお》う森。傅《かしず》かれて育った貴族が簡単に馴染める生活ではない。

「姉上がもしもずっとここに住んでたら耐えられなかっただろうなあ」

勘違いからベルの仮婚相手とみなされて森屋敷に来たことのある姉のアグネタは、他の貴族の娘よりは自立していると思うが、根はやはり令嬢だ。女主人として権力を振るい、顎で使用人を使うことは出来たとしても、森屋敷の方が姉に合わせることをしないのではないだろうかと思う。

ベルに約束したように、冷たいお茶を用意しようと厨房《ちゅうぼう》へ向かうフィリオの隣にはいつの間にかエメがいて、指先に毛が触れる近さを歩いている。

体が揺れるたび、黒い毛の間から零れ落ちるように輝く星を散らす銀の色。

「思うんだけど」

前を向いたまま、フィリオはエメに話し掛けた。

「森屋敷の持ち主で主人はベルさんでも、切り盛りしてる本当の女主人はエメだと思う。どう？　間違ってないよね？」

見下ろせば、二股に分かれたエメの尻尾は大きく揺れている。

「だよね、エメもそう思うよね。エメがいなかったら絶対にこのお屋敷、もっと大変なことになってるんじゃないかな」

それに、決して親しみが持てるとは言い難い主人に仕える使用人たち。彼らあってこそ、この大きな屋敷は維持されている。昨夜の火災で改めてわかったことだが、主人への忠誠心も仕事に対する誠実さも皆が持っている。煤《すす》と煙の中で、互いに協力しながらの消火活動でそれを実感した。

そしてエメ。

「凄《すご》いね、エメは」

フィリオは指先に触れる柔らかい毛の感触に、くすりと笑った。

「猫や犬たちの世話に、屋敷の番、それにベルさんのお守りまでして、働きものだね」

ちらりと見上げて来たエメの青い目は、まさに三番目こそが一番大変なのだと言っているように見えた。

こんにちは、と厨房に顔を出したフィリオは、料理人のパリッシュに冷たい飲み物が欲しいと告げた。

「フィリオ様が飲まれるんですか？」

「ううん、ベルさんに。お酒じゃなくて、出来ればすっと喉が気持ちよくなるようなのがあれば貰いたいんですけどありますか？」

「旦那様の分で、酒以外。少しお待ちください」

少し考えるように眉を寄せたパリッシュは、すぐに何か思いついたらしく、穀物や果物がまとめて入れられている籠の前にしゃがむと、吟味して中から一つの果物を取り出した。フィリオの瞳をほんの少し薄めた桃色の柑橘《かんきつ》類だ。酸味が強いために苦手な人も多いが、果汁と蜜を混ぜて薄めて飲んだり、肉料理の隠し味に使ったり、酒で割ったりと、飲み物から菓子にまで幅広く使え、割合入手しやすい果実の一つでもある。

ニームというその果実をまな板の上に乗せたパリッシュは、手早く半分に切り、半分を搾り器に挟んでぎゅっと力を加えた。大きなスプーンを二枚合わせた形状の搾り器には小さな突起があり、それで押し潰すことで表面に開いた穴から果汁を得ることが出来るのだ。シロップ瓶に果汁を入れたパリッシュは、残りの半分は皮を剝《む》いて小さく切り、その上に粗めの塩と蜂蜜を掛けて器に盛った。

「こっちの果汁を冷水と氷で混ぜて飲めばいいですよ。旦那様の好みもあるでしょうから、適当に薄めたり濃くしたりしてください」

皿の上の果物はフィリオの分だと言うパリッシュへ礼を述べ、フィリオは居間に戻るため廊下を歩き出した。盆の上の果汁や果物は重くないのだが、水差しと氷がある分、若干ながら腕が心もとない。

厨房を出てすぐに「運びましょうか」と使用人の一人が声を掛けてくれたのを断ったことを、ほんの少し後悔しながら慎重に歩いていたフィリオは、玄関の方から聞こえて来た賑《にぎ》やかな声に、

「何だろう？」

立ち止まり首を傾げた。

そして――。


「ベルさん……」

さっきも同じような状況だったなあと思いながらフィリオは、隣に座る不機嫌なベルの腕をちょんと引いた。

「そんな顔しないで」

二人だけで寛ぐ予定だったヒュルケン将軍の屋敷の日当たりのいい居間。現在そこには二人以外の人物がいた。

風呂に追いやられはしたものの、その後のフィリオとの楽しい時間を想像しながらうきうきした気分で戻って来たベルの機嫌が、一気に下降したのは言

うまでもない。

現在形でまだ水滴の残る藍色の髪は、フィリオが布を被《かぶ》せて拭いているが、それくらいで簡単に収まるような機嫌ではない。フィリオと二人で楽しい時間を過ごそうと思っていたベルにとって、来訪者は邪魔者でしかない。そんなベルの心情は理解出来るものの、ここまで見事に上機嫌から不機嫌へ変化することに対しフィリオが思ったのは、

「服を着ていてよかった」

である。

風呂場から裸で戻る可能性もあったのだ。

しかし、訪れた人々にもそれ相応の理由がある。だからフィリオは必死にベルを宥《なだ》めようと甘やかしているのだ。

一人掛けの椅子にふんぞり返って座るのは、第三王子インベルグ。その後ろに無表情にひっそりと控えているのは、何かと世話になっていた王子の幼馴染兼従僕のサイデリート。

それからフィリオの父親ルキニ侯爵だ。

「――なんでインベルグがここにいる？」

「あァ？　そりゃあお前が勝手に城を出たからに決まってるだろうが。あの後どうなったか報告する必要があるだろ」

「報告は明日でもいいし、俺じゃなくても構わない。俺は休み中。将軍じゃない」

自分は今、非番だから「ウェルナード＝ヒュルケン将軍」ではないと言うベルの主張は、本人が胸を張って堂々としていてもかなり無理がある。

当然、王子が受け入れるわけがない。

「馬鹿《ばか》言うな。俺だって非番なのをわざわざ来てるんだ。自分だけだと思うんじゃねえ」

自分だけが非番を潰されたと思うなよと凄まれれ

ば、ベルも口を閉じざるを得ない。

そんなベルを見て、自分に非があるのはわかっているのだなと、これであくまでも我を通すなら何か言うべきかと考えていたフィリオは、少しホッとした。インベルグの言い分はもっともなのだ。後始末をしてくれた相手に対して、そっちが勝手にやったことだろうと開き直るのは流石《さすが》にあんまりだったからだ。

(その辺はちゃんと……ええと、一応は自覚はあるみたいかな)

失礼なことを言わないでよかったと胸を撫で下ろしたフィリオだが、インベルグと乳兄弟であるサイデリートはインベルグが押し掛けて来た別の理由も見えていたようだ。

「将軍。インベルグ王子のことは放っておいて構いませんよ。報告なんて偉そうに言ってるのはついでで、こっそり抜け出した将軍のことが気になって仕方なかっただけなんですから。本当にもう、いい年をして子供で申し訳ありません」

「おいこらサイデリート、まるで俺が出歯亀でもしてるみたいじゃねえか」

嚙《か》み付くようにインベルグに文句を言われてしまうが、

「その通りでしょう」

フィリオは知らないことだが、森屋敷に来るまでの間、隣で馬を走らせていたサイデリートの耳はしっかりと聞き取っていた。インベルグが「奴《やつ》の寝室は一階だから楽だな」と呟《つぶや》いていたのを。

「覗《のぞ》くつもりはない。ただ、うまくやれるかどうか確かめたかっただけだ」

指摘されたインベルグは開き直ったらしい。

「威張って言うことじゃありません。恥ずかしい」

フィリオは心の中で「うんうん」と大きく頷《うなず》いた。閨房《けいぼう》を覗かれた場合に見られるのはベルだけではなく自分自身もなのだ。風呂に追いやった自分を褒めてやろうと思う。

（もしもあのままお風呂に行かせなかったら……）

何を見られていたかわかったものじゃない。そして風呂から上がる前に来てくれて感謝する。

それを思えば顔に火照りが浮かぶ。

もっとも、王子たちが屋敷に押し掛けて来た時間的に、そのまま押し倒されていれば、恥ずかしさで向こう三年は屋敷に閉じ籠った自信がある。

ベルの方は、王子とサイデリートの会話から具体的な何かを想像したわけではないようだ。自分とフィリオの何かを盗み見るつもりなのだというのだけは理解したのか、いっそう目つきを鋭くして王子を睨《にら》みつけた。

「フィリオは誰にも見せない」

「安心しろ、俺が見るのはお前だけだ。お前のブツがちゃんと仕事をしているか検分するだけだ」

（ブツって……。いや、それもどうかと思いますよ、インベルグ王子……）

余計なお世話である。ベルとインベルグ王子のやり取りを直接目の前で聞いてしまうと、王子がどれだけベルに余分なことを語っていたのかわかってしまった。

ベルの婚姻を強引に進めてくれたことに感謝はするが、適度なところで抑えて欲しいと思うのは過ぎた願いだろうか。

「それはともかく、だ」

王子も不毛な言い争いだと思ったのか、それとも背後で怪しい手の動きをしたサイデリートに何かされたのか、眉をピクリと動かして背筋を伸ばした。

「当事者たちが場を放置したまま雲隠れしたんだぞ。気になるのは当然だと思わないか？　フィリオ＝キト」

あ。

　フィリオは小さく口を開けた。

　衆人環視の前で結婚宣言したせいで祝いの雰囲気に包まれていたが、その前にあった凄惨な現場は記憶に新しい。

「あの、じゃああの後は」

　王子がしてくれたのかと思っていたが、そうではなかった。

「男爵たちを連行して検証だけは済ませたが、場の仕切りはナイアスに任せて来た。ああいう場には聖王親衛隊長の方が威力があるからな」

　輝く銀髪と紫色の瞳を持つ美貌の聖王親衛隊長ナイアス。三宝剣の一人ではあるが、残りの二人が二人なだけに、最年長で良識派である分、苦労性の人だという認識を最近持たれつつある男である。

　長く歌唱隊にいて、聖王神殿とは関わりが深かったにも拘《かかわ》らず、直接言葉を交わしたのは今日が初めてだが、噂《うわさ》に違《たが》わず優しげな雰囲気だったのでほっとした。

「でも親衛隊長様だけで大丈夫なんでしょうか？」

「ナイアスだから大丈夫」

「ヒュルケンの言う通りだ。それにうちの連中も近《この》衛《え》もいたし、問題はないさ」

　国王たちはともかく、二人のナイアスに対する確信は一体どこから来るというのか。さぼり癖のあるベルと王子なので、今一つフィリオは信用出来ないでいる。

「戻った方がいいんじゃないですか？　ベルさん」

　さすがに当事者がいなければ事情聴取も出来ない

だろうと提案したフィリオだが、ベルはやはり首を振る。

「ナイアスがいいと言ったから任せて安心だぞ」

臍《へそ》を曲げているだけかと思ったが、本心からそう思っているというのは、すぐに付け加えられたルキニ侯爵の言葉から判明した。

「安心おし、フィリオ」

「父上」

「あの件はもう国王預かりになった。多少話を聞かれることはあるかもしれないが、お前に話せることは少ないだろうと伝えてある。深夜の放火なのだからね、放火について知っていることなど髪の先ほどもないだろう？」

「はい」

エメの吠《ほ》え声で気づいただけで、後はもう消火しなければという気持ちでいっぱいだったフィリオも、また屋敷の使用人も、直接火をつけたものの姿も形も見てはいないのだ。

フィリオが証言出来るとすれば、放火ではなく送り主不明で送られて来た手紙――脅迫状についてくらいだ。

「あの、父上、実は――」

仮婚期間中に届けられた手紙のことを話すと、侯爵はうんと頷いた。

「その手紙を送りつけたのが伯爵や男爵かどうかは調べなければわからないが、どうやら将軍がこの国に残ることを嫌がっている貴族がいることはわかる。こうなるともう軍務庁だけで対応するよりは、いっそのこと貴族院まで巻き込んで問題を大きくしてしまおうというのが陛下の判断だ」

「え？　大きくしちゃうんですか？」

こういう場合、普通は不始末を隠そうとするのではないだろうかという疑問が顔に出ていたのか、インベルグはにやりと口の端を上げた。

「隠そうとしたって隠せやしないのは誰が見たって明らかだ。あんな場所でヒュルケンの怒りが噴出したんだからな。だったら最初からおおっぴらにして、内部でなあなあで済まさないだけの風潮を作ってしまえばいいってのがうちのババア——国王の意向だ。ちなみに、貴族院の最高責任者は二言なく同意した」

「今の貴族院の最高責任者は聖王親衛隊長の実兄だ」

元々の地位が高い上に、国王からも絶大な信頼を得ている貴族院長官が、自国に不利益しかもたらさない馬鹿げたことを企てた貴族たちを守ってやる義理はどこにもない。むしろ、国王は元より、自慢の弟からの信頼を裏切れるはずもない。元々公正さを買われて長官に就任したのだから、今回の出来事ではまさにその対処が注目されているはずだ。

（だからなのかな、聖王親衛隊長様が後片づけに手を貸したのは）

確かにウェルナード＝ヒュルケン将軍の去就は国にとっては最重要事項だが、貴族たちの企みごとは聖王や聖王神殿までは飛び火していない。暴走するベルを抑えるために出て来たのだとしても、関わらないでいようと思えば出来たはずなのに、あえて間に入るというのはそういうことなのだろう。

（なんか本当に苦労性みたい……）

インベルグ王子のこともベルのことも、最近までは通り一片の噂だけしか知らなかったが、内面を知ってみれば三宝剣最年長の聖王親衛隊長の苦労もわかるというものだ。

その苦労の一つになるのか、苦労を分担する助けになるのかは、これからのフィリオの行動一つに掛かっている。

それを考えれば、インベルグ王子はサイデリートや国王に任せるとして、ベルの手綱だけはしっかりと握っていなければならないと、婚姻の儀式を挙げる前から決意を新たにするフィリオだった。

「まあ、そういうわけであちらのことはお前は気にしなくてもいい。私も儀礼庁長官として処分に関わるから何かあれば私から連絡するし、お前も不安があればすぐに言いなさい」

「ありがとうございます、父上」

「家族を守るのは父親の役目だからね。それももうすぐ将軍に取って代わられてしまいそうだが」

ちらりと横目で見上げれば、頭にタオルを被せたままのベルはフィリオの肩をグイと引き寄せた。

任せろという意思表示というよりは、口出し無用の自己主張。

(父上に対抗してるみたい)

フィリオがこれまで誰よりも信頼し、頼りにして来た愛する父親。二人の父が戦死し、母親も亡くなってからは、キト家の子供たちは全員がルキニ侯爵に育てて貰ったようなものだ。家長で、亡き母親にそっくりのきつい性格だと言われる長姉ドリスですら、この父親には最大限の敬意と愛情を寄せている。第三夫のルキニ侯爵の実子はフィリオのすぐ下の妹だけだが、他の夫の子供たち全員が厳しく穏やかな人格者の侯爵を誰よりも慕っているのだ。

身分も地位も権力もあるその父の庇護《ひご》から離れるのは、正直不安だ。だが、

(父上にはいつでも会えるから)

父の持つ温かで大きな翼はどこにいてもフィリオを包み見守っていてくれると信じられるだけの愛情を、ずっと注がれてきた。疑う余地は一欠片《かけら》もない。

「大丈夫。フィリオは俺の嫁。俺がずっと守る」

「武力に関しては何も心配はしていないよ。私も将軍の武勲はよく知っているからね」

ふっと薄い笑みを浮かべたルキニ侯爵は、膝の上で緩く両手の指を組んだ。

「ただ海千山千の古狸《だぬき》たちと戦うには、将軍でも分が悪い場合があるとも思っている」

矜持《きょうじ》を刺激されたのか、ひくりと引きつったベルの口元とこめかみを見て、

「ウェルナード」

ベルの腕に触れながらフィリオは小さく声を掛けた。

ルキニ侯爵の発言は、フィリオを自分の嫁だと公言しているベルにはいささかむっとするものだったようだ。

「別に将軍を貶《おとし》めているわけではないよ。もしも本当に立ち向かうだけの力がないのなら、可愛《かわい》い息子を君の元に嫁がせようとは思わないからね」

これまたさらりと言われて、ベルがむっとする。

（ベルさん……そんなだから父上にからかわれるんだって気づいてよ……）

侯爵自身が言っているように、決してベルを貶めているわけでも、無力だと言っているのでもないのだが。

ベルが不機嫌という山の頂を登り切ってしまう前に、言っておかなくてはとフィリオは姿勢を正した。

「あのね、父上とベルさんじゃ経験が違うって言ってるんですよ。父上は貴族で、ずっと長くお城に勤めているから、ベルさんの知らないことだってたくさん知ってる。僕も儀礼庁で働いているからよくわかるんだけど、貴族の間には本当にいろいろあるんですよ」

広報誌に掲載されている話など本当にほんの一部で、表面には出て来ない醜聞はそれはもうたくさんあるのだ。真実と噂との見極めをつける目も育てなければならないのが貴族であり、地位や身分を持つものの義務のようなものなのだ。

姉から聞いた話で知る限り、ベルは社交界に出ることなく、仕事一筋に生きて来た。そんなベルが一朝一夕で身に着けられるほど、簡単なものではない。

「城に蔓延《はびこ》る連中の中には賢くはないが小狡《こずる》かったり、狡猾《こうかつ》だったりする奴らが多いからな。夜会や園遊会なんぞ腹の探り合いだぞ」

立場上、そんな中に放り込まれる機会が多い王子の軽い溜息《ためいき》混じりの言葉は、まさに真実だった。

「だから、そういう時には父上を頼っていいんだって言ってるんですよ。ね、父上」

よく出来ましたと侯爵は息子に微笑み、頷いた。

「今回のようなことがこれから先もないとは限らない。いや、寧《むし》ろあると思っていた方がいいだろう。ヒュルケン将軍に思うところがあるのでも、頼りないと思っているわけでもないのだよ。可愛い息子に何かあっては困るという親心だと理解して貰えると有難い」

インベルグも大きく頷き、ルキニ侯爵の後に続けた。

「自分の国を悪く言うわけじゃないが、クシアラータの悪いところだな、他国を軽んじる風潮があるのは。侯爵の言う通りだぞ、ヒュルケン。俺たちみたいに腕力に訴えるのは単純でやりやすいが、武術に訴えることが出来ない分、連中は頭を使うからな。無い知恵を絞って出てくる策の中には、時々とんでもないのが紛れ込んでいる場合もある」

「一緒にするな。俺は頭を使う。インベルグとは違う」

　自分は頭脳派ですと自己主張するベルは自慢げに見えるのだが、

（あ、王子のこめかみが……）

　フィリオは首を竦《すく》めてベルに身を寄せた。

「王子、顔が酷《ひど》いことになってますよ。フィリオ様が怖がっています」

「うるせェ。元から俺はこんな顔だ。それに文句はヒュルケンに言え、こいつに危機感がないのが悪い。おいフィリオ＝キト。お前からもはっきり言ってやれ。僕、怖いですぅとでも言えば済む」

　フィリオの声を真似《まね》たつもりなのか、少し高く口調を変えたインベルグだが、その場にいた全員に不評だったのは言うまでもない。

　特にベルは、

「気色悪い」

と、にべもない。

「お二人ともそんなだから軍人は――って言われるんですよ。ほら、フィリオ様に呆れられますよ、ヒュルケン将軍」

　サイデリートが呆れを隠そうともしない声でフィリオを示すと、ベルははっとしてフィリオの顔を窺《うかが》った。そんなベルの腕に軽く触れて、大丈夫と教える。

「ああ、大丈夫です、ベルさん。なんだかもういろいろわかって来たから」

　逸《そ》れまくった話を引き戻したのは、常識人で年長者のルキニ侯爵だった。

「そしてこれが本題なのだが」

　ルキニ侯爵はベルとフィリオの二人を真っ直ぐに見つめた。

「フィリオ、お前がヒュルケン将軍と結婚する気持ちに間違いはないんだね」

「勿論」

答えたのはフィリオではなく、ベルだ。自信たっぷりな口調に、苦笑を浮かべながらもフィリオは頷いた。

「はい。僕自身で答えを出して決めました」

「そうか」

ルキニ侯爵の顔に浮かぶのは、ほっとしたようで、どこか寂しげでもある表情だ。それも仕方がない。弟の忘れ形見のフィリオは、早くから婚約者の家に引き取られた実の娘以上に気に掛けて可愛がり、育てて来た自慢の息子なのだ。

「家に帰ってもお前がいないと寂しくなるな」

「でも、今まで通り儀礼庁で働くつもりですよ」

「いいのかい？」

「え？　駄目なの？」

驚いたフィリオとベルは見つめ合った。

「私としてはフィリオに来て貰えるのは嬉しいが、家の中のことは大丈夫なのかい？」

「たぶん」

はっきりと自信はないが、仮婚の間もそこまで大変だとは感じられなかった。犬や猫はいるが、そのほとんどの世話をしているのはエメで、使用人の数も少なく、気を遣わなければならない要素はさほどないように感じられた。

気になるのは生活面ではない。

「ベルさん、資産の管理はどうしてるんですか？」

「王子に任せてる」

「王子？」

仲が良い――かどうかは別として、つるむ相手として真っ先に思い浮かべたインベルグ第三王子に視線を向けると、インベルグは両手を振って、自分じゃないと告げた。

「俺じゃないぞ。ヒュルケンが王子という場合は、ほとんどが俺の姉の夫のシス国王子キャメロンを指す。つまり、次期国王の夫だな」

「――ベルさん？」

目を覗き込むようにじっと見つめると、ベルは肩を竦めて言った。

「俺は知らない。王子が任せろって言った。だからそのまま」

「いつから？」

「最初からずっと？」

何が知りたいのかさっぱりわからないと首を傾げるベルの姿に、

（儀礼庁に行くのは少し先延ばしにした方がいいかも）

フィリオは漠然と考えた。ヒュルケン家の家計がどうなっているのか、資産管理や運用の詳細を嫁が知らないで済ませてはいけない。そもそも、給金がどれくらいなのかも知らないのだ。

視線を感じて見れば、ルキニ侯爵が苦笑していた。あまり驚いていないところを見ると、どことなくベルの無精を予想していたのだろう。

「ベルさん――じゃなくて、インベルグ王子。お時間のある時で構わないので、キャメロン殿下にフィリオ＝キトが面会を希望しているとお伝えしていただけないでしょうか」

軽く頷いた王子は、すぐに横を向いた。

「いいが、俺よりも侯爵の方が早いんじゃないか？」

「父上が？」

「儀礼庁長官なら毎朝必ず朝議で顔を合わせるからな」

「そうなんですか、父上」

「朝議は御前会議なんだよ。次期副王としてキャメロン殿下も出席なさっている。だから会う頻度は高いね。ヒュルケン将軍は……おそらくあまりお会いしてはいないだろうから」

うむ、と頷くベルの姿に嘆息した後、

「じゃあお願いします」

と侯爵に伝えたフィリオは、

「あれ？」

再度首を傾げながらベルの横顔を見上げた。

「御前会議って、ベルさんは出席しなくていいんですか？　ずっと遅くにお屋敷を出てましたよね」

仮婚礼の間のベルの行動は毎日同じだった。ゆったりと朝食を取り、ゆっくりフィリオに構ってから城に向かう。そんなベルが屋敷から出るのは、確かに自分がキト家から父と共に城に向かった時刻よりも遅い。


途端に吹き出したのは、第三王子と思いきや、意外なことにサイデリートだった。優秀な従僕はコホンと一つ咳払《せきばら》いしながら「失礼しました」と非礼を詫《わ》びた後、ベルと第三王子を順繰りに見渡しながら、吹き出した理由を説明してくれた。

「勿論、ヒュルケン将軍やインベルグ王子も出席の義務はあります。ですが、どうやら三宝剣の方々はお忙しいらしく、副将軍とナイアス殿のお顔ばかりが皆様に覚えられているようです」

つまり、ベルと第三王子はほとんど出ていないということだ。

「ベルさん？　一体どういうことなんですか？」

睨むと、さすがのベルもバツが悪そうに視線を逸らした。だから、

「ベルさん」

少し強く言うと、渋々というように口を開いたが、

それでも視線は泳いでいる。

「——サーブルが出てる」

どこかで聞いた名前のような……と首を捻ったフィリオは、窓の外に見えた軍兵士に「あっ」と今朝のことを思い出した。せっかく報告に来たのにベルが邪険に扱った兵士のことだ。

（あの人、副将軍だったんだ……）

体格こそよかったがそう目立つ容姿ではなかった上に、腰も低く感じられ、そのせいか小隊長くらいだろうかと思っていたが、予想よりずっと位は高かったらしい。言い換えれば、日常的にベルの後始末や言葉足らずなところを補わなくてはならない大層気苦労の絶えない地位ということになる。

（あんまりいいことじゃないよね……）

地位や力関係だけを見れば特に問題にならないのかもしれないが、「フィリオ」を理由にベルが我儘《わがまま》を通し、仕事を蔑《ないがし》ろにするのは許してしまってよいものではない。

「仕事について口出ししたくないけど、後でお話ししましょうね？」

「わ、わかった」

にっこりと、だが有無を言わせないフィリオの笑みに、やや身を引き気味にベルは慌てて首肯した。

そんな二人の様子……というよりベルが尻に敷かれているのを見たインベルグが、にやにやしながら茶化す。

「おい、フィリオ＝キト、本当にヒュルケンでいいのか？　考え直すなら今だぞ？」

「思ってもいないのにそんなこと言わないでください。ほら、ベルさんもそんなに情けない顔しないで。王子はからかっているだけなんだから」

宥めるも、考え直されてはたまらないとばかりにフィリオの腰に手を回し、ベルは自分の方へと引き寄せた。絶対に離すものかと腹の前に手を回し、膝の上に乗せそうな勢いだ。

そんなベルを片手であやしながら、フィリオはインベルグへ苦笑を向けた。

「慣れるまでは少し戸惑ったり大変だったりするかもしれないけど、大丈夫です。後はベルさんといろいろ相談して決めます」

「なかなか賢い考え方だ。だが共に暮らせばヒュルケンの世話に明け暮れて何もできなくなってしまうぞ」

「そこまで手は掛からないと思うんですけど。仮婚の間も特に苦労したこともなかったので」

べったりくっつくのは仮婚前からだからもう慣れてしまった。日常的な生活能力で世話を焼くことはあるが、苦労だと感じたことはない。あえて挙げるとすれば、

「まあ、何かあればルキニ侯爵や俺に言えばどうにかしてやろう。この件に関しては国王直々《じきじき》にお前と話す許可も貰っている」

「国王陛下と？　僕が？」

まさか、と目を見張って父を見ると、頷いている。即ち、冗談でも嘘《うそ》でもなく正真正銘事実だということだ。

「ああ。ヒュルケンとお前の結婚を一番喜んでいるのはうちの親だからな。お前が何も言わなくても、もしかすると口出しして来るかもしれないが、無害だから気にするな。お節介な親戚が世話を焼いていると思えばいい」

「それはちょっと……」

いくらなんでも気にしないというのは無理だろう。それよりも、国王夫妻にまで世話を焼かれなければ

ならないベルの方に問題がありそうだ。

（義兄上に家の切り盛りの仕方を習っておいた方がよさそう）

長姉が結婚して、義兄が家令の座につくまでキトト家を切り回していたフィリオだが、国の英雄の家の管理には、もう少し勉強しておいた方が安心だ。何しろ、当主のベル本人はキャメロン王子へ投げっ放しで、頼りにならないという事実がある。

そんな考えが顔に出ていたのか、第三王子がクイとサイデリートを指差した。

「家令がいるなら貸すぞ。こいつを」

「それは願ってもないことですけど、サイデリートさんには仮婚の間もお世話になったし、これ以上ご迷惑をお掛けするわけには」

「別にずっとじゃなくてもいい。数か月、長くても半年くらいいればその間にお前も学べるだろう？　役に立つと思えばそのまま専属にしてもいい。家令の教師を雇ったと思えばいいんじゃないか？」

「家令の教師、ですか」

妙案ではある。教師であれば屋敷に来て貰うのも抵抗ない上に、遠慮しなくてもいいし、実家で義兄に教わるより森屋敷に来て貰った方が、ヒュルケン家の現実に即した実践的な指導を受けることが出来るだろう。

少し考え、フィリオはベルの顔を見上げた。

「ベルさん、インベルグ王子のお申し出、受けてもいいですか？　サイデリートさんにここに来て貰って、いろいろ教えて貰っていいですか？」

フィリオがその気でも、屋敷の主《あるじ》はベルだ。ベルが駄目だと言えば説得しようとは思っているが、出来るなら許可をして欲しい。

「住み込み？　通い？」

「サイデリートさんはどちらがいいですか？」

「フィリオ様の生活に合わせますよ。儀礼庁に行くのであれば、日中は難しいでしょうから住み込みの方が都合はいいでしょうが、ご都合に合わせます」

フィリオの都合と口にしながらサイデリートの視線はベルへ向けられている。屋敷の主の都合が一番なのはどこの家でも同じだが、ヒュルケン家の場合、主のベルがフィリオとの時間を邪魔されることを最も厭《いと》うため、サイデリートがフィリオと過ごすことを許可するかどうかが問題だった。

「フィリオ、いっそのこと慣れるまでは官舎に来る頻度を減らしてはどうかね？　毎日ではなく二日に一度でもいいし、何なら十日に一度でもいい」

「そういうのって出来るんですか？」

「お前を雇っているのは私だよ。私の意向一つでどうにでも出来る」

「職権乱用ですよ、父上」

「なに、可愛い息子のために使うささやかな権力くらいは大目に見て貰わなければ、ね」

そう言ってルキニ侯爵は片目を瞑《つぶ》ってみせた。

確かに現在の儀礼庁におけるフィリオの地位は、長官付き補佐という名前だけは立派だが、やっていることは雑用だ。各庁長官が独自に雇用出来る枠を利用しての採用になっている。

「駄目です、父上。とっても魅力的な提案だけど、働くからにはきちんとやらなくては。お給金貰っているんだから、ちゃんとしなくちゃ父上の名前に傷がつきます」

「――というくらい真面目な子なので、将軍、その辺りは二人で話し合って決めてくれるかい？」

頷いたベルはフィリオの髪に指を絡めながら尋ねた。

「フィリオはどうしたい？」

「朝のうちにお城に行って、早く帰って来てサイデリートさんに教えて貰うのがいいと思います。それなら朝もお昼も夜もベルさんと一緒になれるでしょう？」

「わかった」

仕事中以外はとりあえずフィリオと一緒に過ごせるとわかったベルは、意外と現金だ。思考や行動の理由は単純明快で、もう慣れてしまったフィリオだが、インベルグは呆れたようにフィリオを指差しながらベルへ言った。

「ヒュルケン、お前の判断基準はフィリオ＝キトと飯を食えるかどうかなのか？」

「何を言う。一番大事なことだぞ」

真顔で言い切ったベルの顔をまじまじと見つめたインベルグは、ハァと溜息をついてサイデリートに向けて手を上げた。

「――ああ、わかった。おいサイデリート、ヒュルケンの方は当てにならんからな。嫁の方にしっかりといろいろ叩《たた》き込んでおけ」

「わかりました」

第三王子もかなり無茶苦茶なところのある男だが、ウェルナード＝ヒュルケン将軍はそれを遥かに上回る。いい意味で世間ずれしていない、悪い意味で物知らず。それなのに、傍若無人な振る舞いを通してしまえるところがウェルナード＝ヒュルケンの将軍たる所以《ゆえん》なのだろうが、この結婚騒動で明らかになったのは、一般的な常識の欠如や日常生活を行う上で支障が出そうな欠点。本人に補わせるよりは、傍《そば》にいる人物に対処を投げた方が楽だというものだ。

「では午後から伺うようにします。よろしくお願いします、フィリオ様」

「こちらこそ、よろしくご指導願います。ええと、いつから来られますか？」

「それなんだがね、フィリオ」

ここに来た真の目的は、結婚の誓約式をいつ行うかという日取りの確認だというのだから、随分と回り道をしたものだ。

「儀式なんだがね、聖王神殿の方に確認すると日程が詰まっていて早くても半月は先になるようなんだ」

「そんなに多いんですか、挙式する人たち」

これに苦笑したのは第三王子だ。

「人気があるのは本殿での挙式だ。分殿はそこまではない」

聖王が住まう聖王神殿の本殿は城内の区画の一つに立地している。そして街の中や地方には分殿という形で聖王廟《びょう》が数多く設立され、通常、一般国民の拝殿や参拝はこの分殿を利用する。

本殿は立地上、常に一般開放されているわけではないため、月に数回ある開放日には大勢の民が参拝に訪れるものの、通常は貴族や身分の高い人々が利用するだけである。ただし、内部は神官になるための学校や、フィリオも所属していた歌唱隊などもあり、それなりに賑やかな場所でもある。

本殿と分殿で出来ることに基本的に差異はない。そのため、一般の民の場合、分殿で挙式し婚姻証明書を役所に提出すれば済むのだが、やはり挙式を本殿でと希望するものは多いらしい。

「本殿の方が有難いからでしょうか？」

「ん？　有難いは有難いが対象が違うな。ナイアスだ」

「聖王親衛隊長様、ですか？」

「ああ。本殿での誓約式には都合が悪くない限りナイアスも立ち会う。三宝剣の一人を間近で拝める機会があるなら是非という具合だな」

「……一応、結婚する方たちですよね？」

フィリオは首を傾げた。

「曰《いわ》く、憧れと恋は別物なんだそうだ。この場合、夫となる男の側の意向は反映されないのが普通だ」

女系が強いクシアラータ国の性質を考えればそうだろう。強硬に推す女の希望を跳ね除《の》ける気概のある精神的逞《たくま》しさは、この国の男にはあまりない。独立して自らが家長となる家を持つのなら別だが、婿入りした男の主張など、女たちの鼻息一つで吹き飛んでしまうくらい軽い扱いなのだ。

「親衛隊長様、お綺麗ですもんね。わかる気もします」

「おいフィリオ＝キト」

聖王親衛隊長の顔を思い浮かべ、ついほわりと微笑んでしまったフィリオが第三王子の声に反応するより先に、

「駄目だ。フィリオは俺の。隊長には見せない」

他の男を褒めたのがよほど気に食わなかったのか、ベルの胸に顔をぎゅっと押し付けられてしまった。

「ちょっ……ベルさんっ」

「フィリオが見て微笑《わら》っていいのは俺だけ。他の男を見たら駄目だ」

もがいてようやく顔を上げることが出来たフィリオが見ると、ベルの表情はそれはもう気難しく不満がたっぷりだった。

「ベルさん、誤解してる。僕が言ったのはあくまでも一般論ですよ」

「でも綺麗だって言った」

「それはまあ綺麗なものは綺麗だと思うものじゃないですか？　ベルさんはそう思わないですか？」

「思わない。一番綺麗なのはフィリオで、可愛いの

もフィリオだけ。他は知らないし、必要ない」

「――エメの毛皮は？　毛並がよくて艶々してて綺麗じゃないですか？」

「エメは人じゃないから平気。でも人は駄目」

「でも、聖王神殿に行って聖王様の前で誓約をするんだからお会いしないわけはないですよ」

「隊長を休ませる」

それは無理だろう。確かに非番の日に当たる可能性もないことはないが、国を挙げての将軍の誓約式にまさか聖王親衛隊長が欠席することはないはずだ。

（それに僕、約束しちゃったし）

聖王神殿で誓約をする時にナイアス聖王親衛隊長から祝福を受けることを。

ただ、決して約束だからというだけではない。城で、自分の身を危険に晒《さら》してまで、ベルが暴走しないよう前に出て抑えてくれたナイアスを安心させたい、ベルを受け入れてくれているナイアスに祝って貰いたいという想いがあった。

しかしそれを告げても今のベルにはあまり意味がない。だからフィリオは別のことを口にする。

「あのね、ベルさん。例えば聖王親衛隊長様がどんなにお綺麗でも、僕が結婚して一緒に暮らしたいと思うのはベルさんなんですよ。初めて聖王親衛隊長様にお会いしたけど、正式に御挨拶したことはないんです。だから誓約の時に、ベルさんから改めて紹介していただけると嬉しいなって思ってたんだけど、それも駄目ですか？」

「俺がフィリオを紹介するのか？」

「うん。ベルさんの――ウェルナード＝ヒュルケン将軍の嫁ですって。駄目？」

フィリオは首をこてんと傾げた。桃色の瞳で見つめる先は、難しく考え込んでいるベルの顔。青い瞳は少し揺れている。

「――俺の嫁の紹介？」

「ベルさんは僕を紹介したくない？」

「そんなことはない。俺の嫁だとみんなに言いたい。でも見せたくない」

「一度で済ます方法もあるぞ」

悩むベルに、インベルグは口元ににやりと笑みを浮かべた。

ろくでもないことを言い出すのではと身構えるフィリオと反対に、ベルは一度だけでいいという言葉に惑わされたのか、興味津々で体を前に乗り出した。

「どんな風にすればいい？」

「簡単だ。城の広間で披露目《ひろめ》をすりゃあいい。国内の貴族連中を全部招いて、全員の前でお前の嫁を見せてやればいいさ」

フィリオはすぐに反論の声を上げた。ここで大人しくしていては、どういう方向に進むのかわかったものではない。たとえ相手が王子であっても、主張しないと引きずられてしまうことになるのは学習済みだ。

「嫌ですよ、インベルグ王子。そんなのは絶対に嫌です。ベルさん、知らない人がたくさんいていっぱい話し掛けて来るかもしれないんだから、その気になっちゃ駄目」

元より第三王子も提案しただけに過ぎない。採用されるとは微塵《みじん》も考えていないからこその軽い発言なのだ。本気にすれば、逆に面倒なことになるのは目に見えている。

「全員にする必要なんてどこにもないんだから、少しの人だけで十分です」

「――本当は俺だけが知ってればいいと思う」

でもそれが出来ないのはベルも理解していて、それが少し残念なのだと青い瞳が訴えていた。

「仕方ないから隊長には紹介する」

「これまでのお礼とこれからもよろしくお願いします って一緒にお願いしましょうね」

その気はあまりないベルではあったが、フィリオの頼みを無下にする気はないようで小さく、本当に小さく頷いた。

「では二十日後ということで神殿を押さえるよう手配するよ」

「お願いします、父上」

「父親としてそれくらいはね。お前と一緒に過ごせるのが後二十日しかないことを考えると、寂しくなるとは思うが」

「じゃあその間にたくさん甘えますね。アメリアが家にいたら拗《す》ねたかも」

ルキニ侯爵の実子でフィリオの妹アメリア。現在は嫁ぎ先で花嫁修業の最中で、つい先日、アグネタの仮婚の時に実家に帰って来ていたが、今はまた婚約者の家に戻っている。

ルキニ侯爵からすれば、兄を大好きな娘なので自分の方が妬《や》かれそうだと思うのだが、どちらも可愛い子供だ。甘えられるのは素直に嬉しい。そんな表情が表に出てしまっていたせいで、ベルがフィリオをぎゅっと抱き締める。

二十日は長いようで短い。その間に荷物の整理をしたり、住まいを整えたりする必要がある。

「フィリオ＝キトの方は侯爵家かキト家でするとして、ヒュルケン。お前の衣装や儀式に使うものは全部こっちで用意するから準備しなくていいぞ」

「こっちとは――陛下ですか？」

「ああ。他にもいろいろ贈り物を用意するので張り切っているからな。年寄りの楽しみだと思って、素直に受け取ってくれ」

　国のために尽くしてくれている将軍が、ぎりぎりになってやっとクシアラータの国民になるのだ。城の一つでも贈ろうとしたのを衣装や家具や武具などに替えたのは、ベルをよく知るキャメロンの意向を反映してのことだったという。

　具体的な日にちが決定すると、にわかに自分がキト家を出て結婚することが現実味を持って押し寄せてくる。

（勢いって怖いな）

　後悔しているわけではないが、こんなに早く自分が家を出て結婚するなんて、ほんの少し前まで想像もしなかったのだから、何がどう転ぶかわからないものだ。

　そんなことを考えていたフィリオは、

「フィリオ」

　少し硬く強張《こわば》った声で名を呼ばれた。

「どうしたの、ベルさん」

　結婚が本決まりになったのだから、嬉しそうな表情をすればいいのにと思いながら見れば、嬉しいどころではないベルの顔があった。

「さっきの侯爵との話、侯爵と一緒に過ごすというのは何のことだ？」

「そのこと？　結婚してしまったらもう父上に甘えられないでしょう？　だから嫁としてここに来るまでの二十日の間、実家のみんなと最後の団欒《だんらん》を過ごすって意味ですよ」

　もしや意味がわからなかったのだろうかとわかりやすく説明したつもりのフィリオだったが、

「ベルさん？　――わっ！」

　ベルの行動は早かった。

　いきなり立ち上がり、フィリオを肩に担ぎ上げ、そのまま凄い勢いで居間から駆け出したのだ。

「どこ行くのっ⁉　まだ話終わってないのに！」

「――駄目だ」

「何が駄目なの⁉」

「そんなに長く待てない。二十日も離れて暮らすのは認めない」

フィリオの問いに答えながらもベルは、人を一人抱えているとは思えない速度で廊下を走り抜け、奥の突き当たりにある自室に駆け込むと、フィリオをそっと床に下ろして扉を閉めた。

閉まる扉の向こうから追い掛けて来るインベルグの姿が見えたが、それもすぐに分厚い扉で遮られ、室内には二人きりだ。

カチャと鍵を掛ける音がして、今更ながらにこの部屋も鍵があるのだなと思った。

「ベルさん……」


見上げるフィリオの体をベルはぎゅっと抱き締めた。扉を背にしているのは、絶対に部屋に入れないという意志の表れだ。

「嫁になるって言った。だからもうどこにも行かせない」

直接体に響いて伝えられる声には、心の奥底から絞り出されたような響きがあった。待ち望んでいたものが手に入り、喜んでいたところに奪われるという事実は、我慢に我慢を重ねていたベルの自制を焼き切るまでになっていたのである。

そうかといって、即手を出すことをしないのはベルが紳士だからではなく、単に恋人同士の機微や手順のあれこれに慣れていないからだ。もしも手慣れていたのなら、この時点でフィリオは寝台に押し倒され、半裸にされていてもおかしくない。

現実は、扉を背に立ったまま抱き締められているという状況で、そのせいなのか、フィリオの方には状況を整理して考えるだけの冷静さがすぐに戻って来た。

（ベルさんはただ嫌がってるだけ）

自惚《うぬぼ》れでなく、離れたくないとただ純粋に思っているだけなのだ。少々本能に忠実過ぎる行動ではあるが、不快感はない。

「二十日だけですよ。それに毎日お昼ご飯は一緒に取れるし、触ったり話したりも出来ます」

「でも家に帰ってもフィリオがいない。寂しい」

「これまでも一人だったでしょう？　ほんのちょっと前に戻るだけだから、我慢して？」

「嫌だ。嫁になるのにどうして他の家に帰さなきゃいけないのかがわからない」

「ベルさんと僕はここで一緒に暮らすでしょう？　そのために実家にある僕の荷物を送るから荷造りしなきゃいけないもの」

「そんなもの何もいらない。いるものがあれば全部俺が買う。フィリオはただここにいればいい」

その身一つだけで嫁いで来いというのは、何とも魅力的で熱烈な申し出だ。こういう求婚の台詞は、まずクシアラータの女性たちが口にすることはないため、非常に新鮮に感じられる。

「シス国の男の人はみんなそうやって求婚するの？」

「他の男は知らない。王子は好きになった人がいたらなりふり構うなと言っていた。俺はフィリオが好きだ。俺の全部はフィリオのもの。フィリオのためなら何でもしてあげたい。我儘か？」

じっと見つめる青い瞳は真剣で、フィリオは緩く首を横に振った。

「――我儘、とは違うと思います。ありがとう、ベルさん」

ベルにしては長い台詞を、途中途中に考えながら伝えられ、フィリオは顔から火が出そうなほど恥ずかしかった。嫌なのではない。寧ろ、そこまで求められて嬉しいと思う気持ちがじわじわと湧いて来て、ベルに対する気持ちがどんどん膨らんでいくのを感じたからだ。

（知らなかった。誰かを好きになるとこんな風になるんだ……）

胸の鼓動がトクトクと軽く音を立て、弾むように動いている。まるで浮かれる自分の気持ちを代弁しているようにも聞こえ、気恥ずかしい。

「フィリオも俺とすぐに暮らしたい？」

「出来るなら、ね」

気持ちと方向性が決まった以上、焦って何もかもを進める必要はないと思うのだが、気が逸《はや》るベルを否定する気はない。それに、どうせならもう森屋敷に住んでしまってもいいかと思い始めているところなのだ。

荷物をまとめるのに実家に戻る必要はあるが、それも日中にベルが城に上がっている時に実家へ出向いて梱包《こんぽう》するのでも不都合はない。兄姉妹たちへの報告や挨拶を兼ねた食事会を行えば、それでもう事足りる。

後はフィリオ自身の心情的な問題だ。

生まれた時から育った家。そこを離れてしまうのは、思うだけでも寂しい。思い出がたくさん詰まっている家は、フィリオの中では一等特別な場所なのだ。

今は亡き実母や実父である第二夫、第一夫と過ごした日々は、もう十年も前のことになってしまったが、忘れ去ってしまうには多過ぎる思い出だ。

二十日でなくてもいい。一日でもいい。まる一日を貰えたら、家の中に散らばるたくさんの思い出を訪ねて回り、欠片を集めることが出来る。そうしてフィリオだけの大切な宝物として、心の中の引き出しにそっと仕舞うのだ。

寂しくなった時に、どこででもすぐに開いて見ることが出来るように。

「フィリオは俺と一緒に暮らすのは嫌か？　早く暮らしたくない？」

「ううん。そんなことはないです。でもほら、さっき父上も言ってたでしょう？　順番待ちの人がたくさんいるから混雑してるって」

それでも仮婚から本婚までが二十日というのは、非常に短い。姉の時にはキト家の家長としての見栄と外聞のために半年ほど間を空けた。兄の場合は三か月だ。よほど急がなければならない事情でもない限り、ひと月ほどは準備期間を設けるのが普通だとフィリオは思っていた。

「じゃあこのままここにいればいい。俺も嬉しい。エメも喜ぶ」

「それは、どうなんだろう……。僕たちまだ夫婦じゃないから、あんまり外聞がよくないんじゃないかな。仮婚の間は貞淑に過ごすのも約束みたいなものだから」

ベルの青い目が見開かれた。

「俺はフィリオを好き。フィリオも俺を好き。だから舐めても齧《かじ》っても食べてもいいんじゃないのか？」

言いながら、ベルの指は首筋に掛かるフィリオの髪をくるりと回す。

「それはもしかしなくても第三王子に言われたんですよね？」

「インベルグは物知りだ。何でも教えてくれる」

「でもベルさん。王子は結婚したらって言わなかったですか？」

「――忘れた」

「ベルさん？」

横を向いたベルの顔を今度はフィリオが両手で挟み、しっかりと目を合わせるように下へ向けさせた。

「ベルさん」

「――せっかくフィリオと一緒になれるのに、我慢しなければならない理由がわからない。どうしていけない？」

好きだから一緒にいたい。好きだから、一緒にいられる。

好きだから何でもしたい――。

駆け引きなどなく、純粋なベルの疑問が真っ直ぐフィリオに向けられる。

「それはね、たぶん、これから先ずっとずっと長く一緒にいるために、必要な試練なんだと思います。お腹を空かせた時に食べるご飯がとっても美味《おい》しく感じられるように、喉が渇いた時に飲む水が甘くて美味しいように、これから先を楽しくするための準備なんだと思います」

「フィリオはいつでも可愛いし美味しいと思う」

「でも、もしかしたらもっと美味しいかもしれないですよ？」

自分で自分のことを「美味しい」と言うのは恥ずかしいものがあるが、ベルに一番簡単にわかって貰う例としてはこれが一番なのだ。

どうやら「もっと」という言葉が気になるらしく、ベルは悩み始めた。

（このまま納得してくれればいいんだけど）

いくら主張しても駄目なものは駄目なのだから、二十日後を大人しく待つしかないのだが、逸る気持ちを抑えることが出来ないベルの暴走は果たしてこれで止まるのだろうか。

（もういざとなったらこのままここに住んで、それから誓約の儀式をしてもいいか）

稀有《けう》なだけで、例としてないわけではないのだ。一般家庭の間では、仮婚後すぐに共に暮らすのは、そこまで珍しいことではない。ただ、家名を持つ貴族は体面を重んじる傾向があり、それ故に、結婚前に肉体関係を持つのははしたないと感じるらしい。

らしい、というのは、フィリオ自身はそこまで気にしたことがないからなのだが、姉や兄の結婚の時を思い出せば、こういうのは本人同士よりも周りがあれこれと口を出すもので、当人たちの意向はほとんど考慮されないようだ。

フィリオたちの場合、国の英雄である将軍と儀礼庁長官である侯爵の子供ということもあり、言うまでもなくかなり格式の高い婚姻となる。

それに何より、第三王子の数々の発言を聞く限り、国王夫妻が乗り気なのだ。おざなりな準備で参列者を迎え入れるのもまた失礼に当たる。

「せっかくの二人の式なんだから、誰にも誇れるものにしたいでしょう？　それにはほんの少しだけ日にちを掛けなきゃ」

「別に二人だけでもいいいんだが」

「ベルさんならそう言うと思った。でも」

ベルやフィリオが断っても無駄なのは、昼と夜が反対になるくらいあり得ない。仮に、こっそりとどこかで儀式を挙げようとしても、絶対に嗅ぎ付けられて押し掛けられる自信がある。

「それに決めないでいると、また順番が下がっちゃうと思う」

早い者勝ち。身分の上下関係なく、早くに決めたものたちから予定が埋まって行くのは世の中の理《ことわり》だ。

例外はあるだろうが、ほとんどがこの理に添って行われることを考えれば、聖王神殿への申請が遅れれば遅れるほど、間に誰かが入る可能性は高い。

「だから――」

決めちゃいましょう。

そう言おうとしたフィリオは、ダンッ！　と外から響いた大きな音に「ひゃっ」と小さな悲鳴を上げながら首を竦めた。ベルはフィリオを部屋の中央に連れて行くと、自分は重量感のある椅子を引きずって扉の前に置いた。

「何、今の音」

ベルは嫌そうに鼻を鳴らした。

「扉を開けようとしている。インベルグだろう」

「それはまあ何となくわかる気がします」

サイデリートや父親は手より先に口で説得を試みるだろう。

「ベルさんが話をしないで出て行くから」

「仕方ない。二十日も待てない」

「もうっ……」

応接間での四人掛かりでの説得は一体なんだったのかと脱力するフィリオだが、堂々巡りの話が続くのは正直面倒だし、うんざりもする。

「フィリオ、フィリオ、中にいるんだろう？　大丈夫か？」

「あ。父上」

今度はトントンと控えめな音がして、耳を寄せればルキニ侯爵が扉の向こう側から話し掛けて来た。

「大丈夫です。ベルさんも別に怒ってるわけじゃないから」

「そうか。それならいいんだけど。それで説得は？」

「努力中です。ベルさん、頑固だから」

乾いた笑いが複数聞こえて来たのは、ルキニ侯爵だけでなくサイデリートも傍にいるからなのだろう。

「折れそうかい？」

「あんまり自信ないです」

「親としてはそこまで望まれて有難いといえば有難いのだけれどね」

「ごめんなさい」

「いや、お前が謝る必要はどこにもないんだよ。ただ」

どうしたものかねえと言う父の嘆息交じりの台詞に、フィリオは見えないながらも申し訳なく頭を下げた。そして椅子に座って偉そうに腕組みしたままの男をきっと睨む。

「ベルさん。父上が困ってるから、もういい加減に諦めて。いいじゃないですか、二十日くらい」

そんなに我儘言うならもう結婚取り止めますよと口に出したい気分だが、おそらく最大の禁句になるだろうそれを言ってしまえば、ベルがどんな反応を示すかわからない。

「二十日の間は毎日お弁当作って持って行くから、一緒に食べましょう？」

もはや森屋敷に住むのは仕方ないだろう。

ベルが二十日間を我慢する代わりに、本来は実家で準備すべきことを嫁ぎ先のこの家ですることになるが、妥協して貰うにはこれしか有効な手がない上、おそらくは一番簡単にまとまる方法でもある。正式な婚姻にこだわっているのなら別だが、フィリオがいれば収まるのであればこちらが妥協するしかない。

「あのね、ベルさん――」

儀式までの間、僕がここに住みますよ。

そう言おうと口を開きかけたフィリオは、今度は先ほどよりももっと派手で大きな音によって台詞を遮られてしまった。

ガッシャーッンッ！

木の扉ではない。庭に面した大きなガラスが割れて飛び散る音が盛大に響き、今度こそ驚いたフィリオは立ち竦み、ぎゅっと目を閉じた。そして、こういう場面ですぐに反応するのは軍人だ。

「——っ！」

フィリオをすぐに腕の中に抱き込んで窓から遠ざけたベルは、室内に飛び込んで来た侵入者を鋭く睨みつけた。

「——何しに来た、インベルグ」

「インベルグ、王子？」

ベルの胸から顔を上げて見れば、庭に面した大きなガラス窓が割られ、キラキラと光りながら破片が飛び散る中、先ほどのベルと同じように仁王立ちするのはインベルグだ。

赤金の髪をかき上げながら第三王子は、ズカズカと近寄るとそのままベルの頭に拳骨《げんこつ》を落とした。

身長差はほとんどない二人である。普通なら避けられたはずのベルだが、腕の中にフィリオを抱えていて咄嗟《とっさ》に反応が出来なかったところに、力いっぱい殴られたのだからたまったものではない。

「——喧嘩《けんか》を売ってるのか？」

顔を見るまでもなく、その低い声にベルが苛立《いらだ》っているのが伝わって来る。

「お前が素直に言うこと聞かないからだろうが。おまけに話の途中で中座だ。あァ？　ウェルナード＝ヒュルケン、誰がお前の結婚を整えてやったと思ってるんだ？　お前一人でフィリオ＝キトとどうにか出来るわけがなかったよな？　俺が力を貸してやったおかげだっていうのを、まさか忘れちまったわけじゃねぇよな？」

獰猛《どうもう》という言葉がまさに相応《ふさわ》しいほど、不機嫌な第三王子の顔は、免疫のないフィリオを怯《おび》えさせるのに十分だった。

しかし、ここで怖がっていては話もまとまらない。ベルはベルで、売られた喧嘩は買うぞとばかりに王子を睨みつけ、鼻先が触れ合うほど近くで二人は顔を突き合わせている。

幸いなのは、二人が帯剣していないことと、かろうじて分別があること、お荷物があるのを認識していることだ。そのお荷物、フィリオは震えながらもこのままではまた話がまとまらなくなるのがわかりきっているだけに、必死だった。

「あの！　インベルグ王子」

「なんだ、フィリオ＝キト」

「ベルさんと話をしてて、最初の日程でもいいって」

「本当か？」

「はい。ね？　ベルさん」

同意を求めて見上げるが、ベルはフンとそっぽを向く。

そんなベルに苦笑しながらも、

「それで僕が」

フィリオが先ほど言い掛けた台詞を続けようとしたところで、ベルの声が割り込んだ。

「――二十日は長過ぎる。明日がいい」

「は……？」

「馬鹿か、貴様は！」

大きな怒鳴り声にフィリオはびくりと肩を揺らした。すぐに大きな腕の中に隠される。

「怒鳴るな、フィリオが怖がる」

「お前が怒鳴らせるようなことを言ったからだろうが！　おいフィリオ＝キト。納得させたんじゃなかったのか？」

「説得したし、納得させましたよ、ちゃんと。ほら、

ベルさん。インベルグ王子を困らせたら駄目ですよ」

「――フィリオは俺に優しくない。インベルグの方が好きなのか？」

フィリオは思わず大きな声を上げた。

「どうしてそうなるの!!」

もうどうやって場を収めたらいいのか、フィリオにはわからなくなってしまった。

（誓約の儀式って楽しい気持ちで決めるものだよね？　それなのにどうしてこんなに当事者の僕が苦労しなくちゃいけないの？）

一言で説明すればベルの我儘のせいだ。

そこに第三王子という別の要素が加わるだけで、ここまでこじれてしまうとは誰が想像出来ただろうか。

（この場を収めてくれるのは誰？　父上……は無理みたいだし、サイデリートさん？　後は親衛隊長様か国王様くらいしか思いつかないよ……）

どうしたものかと途方に暮れるフィリオの頭の上では、三宝剣の二人が物騒な会話を続けていた。

「明日は駄目なのか？」

「無茶言うな。そんなこと言おうものなら、俺もお前もナイアスにしばかれるぞ」

「フィリオをこのままここに住ませるなら我慢する」

（いや、だから僕はさっきからそう何度も言い掛けているんだけど……）

二人の間に口を挟む隙がない。

「我慢するって、何様だお前は」

「フィリオは俺の嫁になると言った。だから一緒に住んで、一緒に寝ることが出来る。もう待てない」

「おいおい、ヒュルケン。お前、誓約の儀式を挙げる前に食っちまうつもりなのか？」

「食う」

「淡泊かと思ってたがそうでもないのか……。不能じゃないのはまあ幸いだな」

「？」

「気にするな。だが、手を出すのは待った方がいい」

「なぜだ？」

「俺の勘だが、フィリオ＝キトは絶対に初めてだ。初々しくて擦れていない花嫁はそうそういやしないぞ。何も知らないまま神殿で祝福を授けて貰った方が有難味も増すし、受ける祝福も多いぞ。何しろ生娘……じゃなくて生息子だからな！」

「きむすこ？　それは何だ？」

きょとんとしたベルの表情を可愛いとこっそり笑ったフィリオだが、ベルが問い返した時点で止めておくべきだったと気づいたのはすぐ後だ。

「ああ、お前には伝わらないか。生息子、つまり誰とも体を重ねないで手も触れられていない真っ新《さら》の体だという意味だ」

「それならフィリオは違うぞ」

「えっ⁉」

「あ？」

驚きの声を上げたのはフィリオもインベルグも同時で、すぐにインベルグはフィリオの顔を凝視した。

「……フィリオ＝キト……。お前、まさかもうヒュルケンと……？　それとも他の」

「違います！　違うから！」

インベルグの信じられないという表情に、慌ててフィリオは全身で否定を示した。

（絶対に王子は僕がもう誰かと何かしたって勘違いしてるっ！）

未知の世界の話なので自身もまだ具体的なあれこれはわかっていないが、少なくともベルよりは意味を正確に把握している。

扉の向こうで、

「まさかもう……？」

ルキニ侯爵が呟いているのが耳に入っているだけに否定は真剣だ。

「本当か？」

「勿論です！　僕は正真正銘生息子です！」

こくこくと頷きながらフィリオはベルの袖を引いた。

「ベルさんも変なこと言わないでください」

だがベルは不思議そうに首を傾げる。

「どうしてだ？　俺は何度もフィリオを触っている」

だから違うと主張するベルからフィリオへ視線を移したインベルグが何か言う前に、フィリオは即座に否定した。

「違います。ベルさんが勘違いしているだけです」

「だが触ったと言っているぞ、フィリオ＝キト。おいヒュルケン、お前はこいつのどこを触ったんだ？」

もしもその場にサイデリートがいたならば、真面目な表情の中に揶揄《やゆ》が混じっていることに気づいただろう。しかし、この状況をどうにかしなくてはと混乱するフィリオにインベルグが遊んでいることがわかるはずもない。

「なあ、どこを触ったんだ？」

「いろいろだ」

「感触はどうだった？」

「気持ちがいい」

「そうかそうか」

にやけた笑みでフィリオを見下ろすインベルグに、フィリオは真っ赤になった顔を手で覆った。

（僕の手には負えないよ……）

噛み合っているようで噛み合っていない二人の会話。ベルがインベルグの口に乗せられるわけである。

周りは止めることも出来ずに見ているだけなのだろう。それこそ聖王親衛隊長くらいにならなければ抑えるのは無理ではないだろうか。

フィリオが投げ出した後も二人はまだ生息子の話題を続けていた。

「ぴちぴちで瑞々《みずみず》しい体がお前に料理されるのを待っているんだ。わくわくするだろう？」

「する」

「その素材が持つ味をうまく引き出すためにも、多少は熟成期間が必要なんだ。よく寝かせた葡萄《ぶどう》酒が旨《うま》いようにな」

喩《たと》えとしては間違っていない。だが、釈然としないどころか、今後の自分の身を心配しなければならない気持ちになるのはなぜだろうか。

「なるほど」

ベルが頷いたのを見て、インベルグも大きく頷いた。

「理解出来たか。それなら二十日後の儀式でいいな」

（あれ？）

フィリオがはっとインベルグの顔を見上げると、片目を瞑って笑う顔がある。

（もしかして自然に、はい、っていう流れに持って来ていた？）

怒っていたベルもいつの間にか普通に返事をしていた。餌《えさ》はフィリオだったからもしかすると機嫌はよかったかもしれない。

ここで決着だとフィリオもインベルグも信じていた。

しかし――。

頑《かたく》なに拒否していたものの心を開き、会話しやすいように引き出す話術は、確かに有効だろう。それがベル相手でなければ。

ベルはベルだった。我が道を行くウェルナード＝ヒュルケン将軍だった。

「――明日がいい。明日じゃなかったら明後日《あさって》。儀式をしたらフィリオが嫁になると言っただろう？　嫁になったら何でも出来る。だったら早い方がいい」

煽《あお》り方を間違えてしまった――。

そんな声がインベルグの眉間の皺の間から聞こえてきそうだ。ほんの少し前まで笑みを湛《たた》えていたインベルグの顔に、既にそれはない。

「あのなあ、どうしてそこまで頑固なんだ？　今まで二十年以上も何もして来なかった奴が今更気にすることじゃないだろうが。二十七年間、童貞を貫いて来たんだ。男なら耐えろ！　中に入れるのもお預けだ」

王子は熱を込めて丁寧に説明するが、ベルにはベルの言い分がある。

「二十日の間にフィリオが取られてしまうかもしれない。フィリオは可愛いから、他の誰かが見初めてどこかに連れ去って、部屋に閉じ込めて隠してしまう可能性がある」

「今現在部屋に閉じ込めている奴の言う台詞じゃねぇぞ、おい」

呆れたように吐き出した第三王子だが、ふと眉を上げ、フィリオを凝視しながら考えるように首を傾げた。

そして、次に口を開いた時に出て来たのは、

「――待てよ。ヒュルケンの言うことにも一理あるな」

というほんのつい先ほどまでとは異なる意見だった。フィリオは首を傾げた。扉の向こうで聞いているルキニ侯爵も息子と同じことをしていた。

「インベルグ王子？」

「俺としたことが失念していたぜ」

軽く額に手を当てた王子は、フィリオを見下ろした。

「フィリオ＝キト、お前、すぐにこいつと誓約の式を挙げろ。今日明日は無理だが、三日以内に執り行えるよう、神殿には話をつけておく」

「えっ？　でも無理って言ってませんでしたか、父上が」

「そこを捻《ね》じ込むのが俺の仕事だ。ヒュルケンの弁じゃないが、二十日後はまずい」

正確に言えば、二十日も間を空けるのが好ましくない。

「――なるほど。確かに」

聞こえたのはルキニ侯爵の声で、インベルグは、まだわからない顔をしているフィリオへ自分の危惧するところを説明した。


やっと二人の結婚話がまとまり浮かれて忘れていたが、婚姻を急いだ本来の目的は、未だシス国に籍を持つベルを名実共にクシアラータ国の民にすることだ。結婚はそのための手段に過ぎず、運よくベルが思いを寄せる相手がいたからまとまったようなもの。

だから、誓約の儀式を行うまではまだウェルナード＝ヒュルケンは正式にはクシアラータ国民ではないのである。つまり、他国出身のベルが軍の最高幹部に名を連ねていることを嫌悪する反対派にとっては、それまでに式を潰してしまえばいいという機会を与えることになってしまう。

昨夜の連中は失敗してベルに報復されたが、表には出て来ていないだけで他にも不満を持つ貴族は多い。腕の立つヒュルケン将軍に直接危害を与えることは無理だと排斥派もわかっているはず。そうすると彼らの矛先が向かうのは結婚相手の少年だ。

二人の仮婚を記載した広報誌を読んでいるいないに拘らず、王城での騒ぎで誰が相手なのかはもう全員に知れ渡ったと見ていい。

いくら警備を厳重にするとはいっても、人のすることに絶対という言葉はない。無事に誓約の儀式を終えるまでは気を抜けない生活を送らなくてはならない。二十日という期間は、通常なら十分短くとも、ベルとフィリオの婚姻に限り、本人たちだけでなく周囲にも緊張を強いられる長い日数なのだ。

「うっかりしてたな。まだ気を抜けないんだった」

もしも誓約式前に問題が発生し、期限までにベルが国籍を得られなければ一旦将軍職が空くことになる。たとえ直後にベルが国籍を得たとしても、一度空位になった将軍職に再び就けるには、一部貴族たちに反発の声が上がることは容易に予想される。任命権を持つのは国王なので、強硬する分には構わないのだが出来るなら内部紛争は遠慮したいというのが、誰もの本音だ。

不満分子は一気に炙《あぶ》り出した方がいいと第三王子は思わないこともないが、それは別の機会にでもお願いしたい。国籍取得が最優先事項だ。

とにかく、今のクシアラータ国にとって必要なのは、一刻も早くウェルナード＝ヒュルケン将軍に国籍と公的な保障と強固な後ろ盾を作り上げることだ。

結婚することで、ベルはクシアラータ国民になる。嫁のフィリオ＝キトは政治家を輩出するキト家の息子であると同時に、ルキニ侯爵家の血筋を引き、家柄もいい。現ルキニ侯爵は儀礼庁長官で格式は文句なしだ。そして、二人の誓約の式で立会人として署名する予定で待ち構えているのは、インベルグ王子の姉、次期国王の夫キャメロン。

現在のベルは将軍として地位を固めてはいるが、盤石とはまだ言い難い。昨夜の例を見る限り、愚かにも足を引っ張ろうとする輩《やから》は今後も出て来るだろう。

「――わかった」

ここまで考えると答えは出ているというものだ。

「早急に式を行えるよう聖王神殿に交渉する」

一瞬青い目を大きく見開いたベルは、ふっと笑みを浮かべた。

「出来るのか？」

「やるさ。こういう時の王子の肩書だ。いざとなりゃあうちのババアを連れて行って頭でも何でも下げさせる」

「明日？」

「そりゃあいくらなんでも無理だろう。だが明後日か明々後日《しあさって》までには必ず式を成立させてみせる」

「任せた。フィリオ、二十日も待たないで嫁になれるぞ」

後ろから覆い被さるように抱き着くベルは、フィリオの真っ白な頭の上に顎を乗せ、ぐりぐりと押し当てた。

まるで大きな犬が懐いているようで微笑ましい光景ではあるのだが、生憎《あいにく》とそこまでフィリオは楽観的ではない。

「インベルグ王子、大丈夫なんですか？　あまり無理しない方がいいんじゃないでしょうか」

安請け合いした挙句に、やっぱり無理でしたという事態にでもなった時のベルを想像すると、それだけで寒気がする。激しく憤って怒るか、それとも落ち込むか。最悪の場合、すぐに夫婦関係を成立することが出来る国へ出て行くと言うこともあり得る。フィリオは家族と離れ離れになり、クシアラータ国にとっては大きな損失となるだろう。

（どっちにしても僕は監禁生活になっちゃいそうだけど）

ベルを宥めるために自分が不可欠の存在なのは、今回の事件を通して身に染みてわかったフィリオである。

「無茶でも何でも都合をつける。そうでないとまた同じことが繰り返されるからな。それは聖王神殿もナイアスも本意ではないはずだ。国王も俺と同じことを言うと思うぞ」

「同じことって……。またベルさんが狙われるってことですか？」

「ヒュルケンだけならいいが、結婚のことが公になった以上、他人事《ひとごと》ではないぞ、フィリオ＝キト。狙われるとすれば真っ先にお前だ」

「僕？」

「さっきも説明したが、お前を人質に取って脅せばどうにかなるんじゃないかと馬鹿な連中は考えるはずだ。それ以上にヒュルケンの怒りを買うことを考えないところは愚かとしか言いようがないが、実現すれば有効な手段なのは確かだからな」

「つまり、僕は攫《さら》われても傷つけられても何をされてもいけないってことでしょうか？」

「その通り。お前を守るために兵士を割き警備を厳重にすることは出来るが、二十日は長い」

そこで第三王子は片目を瞑ってみせた。

「式が早くなればその心配もなくなるな」

「え……まさかそのために無理矢理どこかに捻じ込むんじゃ……」

「融通が利かないかどうかを確認するだけだ。それで向こうが出来ると言やあ別に無理矢理でもなんでもないだろ」

それは詭弁《きべん》というか、脅しと言うのでは――。

思わず口に出しそうになったフィリオは、横目でチラリとベルを見上げた。しがみついているベルの心臓の鼓動は速く、擂《す》り寄せる頭からはにこやかな空気が伝わり、何より鼻歌を歌っているように聞こえるのは気のせいだろうか――？

（もう絶対ベルさんの中では決定されちゃってるよね）

これが延期になればベルが拗ねるのは間違いなく、フィリオは漏れなく森屋敷に軟禁決定だ。

フィリオは軽く瞼《まぶた》を閉じて溜息をついた。

「――出来るならそれでお願いします。僕もそれに合わせるので」

ルキニ侯爵はベルの暴走ぶりを知っているだけに、苦笑しながらも早めの式に対応してくれるだろう。

後は家族だが、家長の長姉がどういう顔をするか。キト家の名誉や格式云々《うんぬん》を言い出したら面倒なので、義兄に宥めて貰うようお願いするしかない。

婿入りの場合は、迎え入れる妻が夫の支度をする。嫁入りする時にも女は豪勢な支度を整える。どちらに転んでも、女が主導権を握る国なのだ。

フィリオの場合はどちらも男だから抜け道はいくらでもある。嫁入り道具を揃《そろ》えるまでもなく、森屋敷には何もかもがあるし、仮婚の間に不自由したことは一度もない。それら環境面に馴染むかどうかまで含めての仮婚期間で、十分だと本人が判断したのなら誰も文句は言わないだろう。

もしも何か欲しいものがあればその都度ベルに申し出れば、希望を叶えるため奔走してくれるのは間違いない。たとえそれが海の向こうにある大国サークインの神花やエクルトの輝く小馬メラニーだとしても。

（ベルさんなら本当に大したものじゃなくても大袈《おおげ》裟《さ》にしそうだから、言わないけど）

簞笥《たんす》も食器も何もいらない。

体一つで来ればいいと言ったのだから、建前や見栄でなく、ベルは本当にフィリオさえいればいいのだと体中で示しているのだから。

「よし！　決まりだ！」

王子はベルの肩をバンバンッと大きな音で数回叩いた。嫌そうな表情のベルだが、文句を言わないのは、インベルグが自分の望みを叶える重要人物だと意識しているからだろう。

「俺は今から聖王神殿に行って儀式を捩じ込……予約の枠を取って来る。決まったらすぐにここに報《しら》せを寄越す。念のためにサイデリートを置いて行く。フィリオ＝キト、お前もルキニ侯爵も報せが来るまではここで待機だ」

「はい？　私も、ですか？」

その時になってようやく部屋の鍵をこじ開けて室内に入って来たルキニ侯爵とサイデリートは、まず割れたガラスが散らばる室内に眉を顰《ひそ》め、立ち話をしている三人の姿にほっとした表情を浮かべた。

「怪我《けが》はしていないかい？」

武人の将軍と第三王子はともかく、小柄なフィリオを真っ先に心配して歩み寄ったのはルキニ侯爵で、どこにも破片を被った様子がないか頭の上から足の先まで見回した。背後にしがみついているベルのことは、意図的に視界から排除したようだ。

「大丈夫です、僕は。インベルグ王子は」

「怪我をするようなへまはしない」

「威張って言うことですか。まったく、あなたときたらもう少しものを考えて行動しなさいと陛下にもあれだけ言われているのに聞きやしないんだから」

「怪我が怖くて軍人なんてやってられるか。後片づけはお前がやっとけ。費用は俺持ちだ」

当然ですとサイデリートは頷いた。

二人のやり取りを見る限り、日頃から似たようなことが頻発しているのだろう。サイデリートの苦労が偲《しの》ばれる。

「悪いが侯爵、俺か伝令が戻って来るまでここにいてくれ。儀礼庁の方には俺から連絡を入れておく」

「特に不都合はないので構いませんが、誓約式の件でしたら私も同行しますよ」

「いや、俺一人で十分だ。日取りが決まればすぐに準備に取り掛からないといけないからな。城に上がって待つよりここで待った方が采配もしやすいだろう」

どういうことかと首を傾げる侯爵の袖をフィリオはそっと引いた。

「あのね父上、もしかすると誓約の儀式が早くなって明後日くらいになるかもしれないんです」

「明後日？」

部屋を開ける道具を取りに行っていたらしくその間の会話を聞いていなかったルキニ侯爵は、目を丸くした。儀礼庁長官だけあって、貴族たちの冠婚葬祭について詳しい侯爵は、二日後に式を執り行うことの困難さを十分に知っていたからだ。二十日後という日程すら、ギリギリまで譲歩した結果なのだから、それを遥かに短縮するなど不可能だ。

「王子、安請け合いして大丈夫なのですか？」

息子と同じ心配をする侯爵に、王子は自信たっぷりに胸を張った。

「とにかく最短で妥協出来るところで話をつけてくる。ヒュルケンの方はどうにでもなるが、キト家や侯爵家の方は話を通す必要があるだろう？　決まり次第、すぐに通達出来るようにしておけよ」

　入って来た時同様、窓から出て行きかけた第三王子は、

「ああ、そうだ」

　思い出したように振り返った。

「朝でも昼でも夜でも、とにかく空いたところに入れ込むからな。文句は受け付けねぇ」

　そうして颯爽《さっそう》と出て行く後ろ姿に何か言える人間はこの場にはいなかった。後片づけを任されたサイデリートは溜息をつき、第三王子の行動力を知っているルキニ侯爵は頭の中を今後の予定に切り替え、ご機嫌なベルを後ろに張り付かせたフィリオはやれやれという顔で。

　敷地内でまだ火災の検分をしていた兵士たちは、割れたガラスに何事かと興味津々だが、今ここで詳しく説明してやるだけの親切心は誰も持ち合わせていない。

　とりあえず、割れたガラスの片づけを使用人に頼み、四人は居間に場所を移して第三王子から報せが届くのを待つことにした。


　インベルグが城に向かったのは夕刻に向かう前。

待つ間に屋敷内の片づけや火災の後始末、見舞いに訪れた人たちへ対応し、夜食まで終えた頃、ようやく手紙を預かった伝令兵が森屋敷に駆け込んで来た。

　あまりの形相と馬の勢いに何事かと驚く使用人や警備兵たちには、

「気にしなくていいよ」

　とルキニ侯爵が笑顔で言い、フィリオが封を開くと、中には一枚の紙が入っていた。

「――明後日の夜に決まったそうです」

簡単に日付と「勝利した！」の踊る文字だけが記された王族専用の便箋を父親に見せると、ルキニ侯爵は「ふう」と溜息を落とした。

肩の荷を下ろしたのが半分、本当に直近の日程をもぎ取った第三王子に対する呆れが半分といったところだろう。

流石に長官を務めるだけの器量がある侯爵は、間違いなく王子の署名があるのを確認すると、膝をぱしっと叩いて立ち上がった。

「それじゃあ私は失礼しよう。子供たちにも説明しなくてはいけないし、招待客への案内を急ぎ配らなければならないからね」

遠方の親戚の参列は無理としても、対外的にはっきりとベルとフィリオの婚姻を公表するためにキトー家から正式な書面で通達を出す必要がある。

婚姻は誓約式が済めば完了だが、その後に親しい人々を集めての祝いの席が設けられるのが普通だ。しなければならないという決まりはないのだが、よほど込み入った事情がない限り催される。これは、自分たちの結婚に何もやましいところはないですよと万人にわかるように示す意味もあり、貴族など身分の高い家では三日三晩騒ぎ続けることもあるらしい。

姉ドリスが結婚した時は、屋敷の庭まで開放して半日は騒いだものだ。兄が婿入りした家でもそうだった。

「まあ急ぎだから都合がつかなければそれでいいくらいの心積もりでいた方がいいだろうね」

「その辺のところは私どもにお任せください。インベルグ王子の言葉ではありませんが、急がせてしまった側が責任を持つのが筋というものでしょう。王子が立会人になれないと言っても、やりたいと立候補する方は事欠かないはずなので大丈夫ですよ」

「とにかく時間がないからね。その中で最善のものになるよう尽くすつもりだ」

「僕に何か出来ることはありますか？」

サイデリートとルキニ侯爵は顔を見合わせ、未だフィリオの背中に張り付いたままの将軍に視線を向け、似たような台詞を口にした。

「ヒュルケン将軍の世話を頼むよ」

「ヒュルケン将軍を見ていてくださるだけで結構です」


日取りは決まった。仮婚が終わった二日後というのは慌ただしい日程ではあるのだが、実際に聖王神殿が特別に忙しくなるわけではない。誓約の儀式に必要なものは常備されており、後は人的な配備を考慮するだけでいい。——夜、日が落ちてからという神殿の勤務時間外の対応を求められるのでなければ。

何も心配せずに当日聖王神殿に行くだけでいいと言われていたフィリオだが、やはりベルの件で迷惑を掛けたこともあり、城に上がるついでに聖王神殿へ足を向けた。

「ナイアス様には本当にご迷惑をお掛けして申し訳ありません」

「いや、君が謝る必要はどこにもないぞ。ヒュルケンが進んで結婚しようとしたことは目出度《めでた》いことで、我々聖王神殿に仕える者も心から喜んでいる」

「でもインベルグ王子が無茶を言って式を早めました」

「あれか……」

聖王親衛隊長は秀麗な顔に苦笑を浮かべた。

「奴が強引なのはいつものことだ。それに今回のヒュルケンと君の儀式に関しては、国王からも直接神殿に話を通されている。急ぐ理由もあるからな、多少の無理はこの際仕方がない」

「ベルさんが我儘言わなきゃよかったんですけど」

「それだけ君に執着しているということだろう。私も初めて見たぞ。あんなヒュルケンは戦場でも見たことがない。よほど君が大事と見える」

美貌の親衛隊長に微笑み掛けられたのと、内容が内容だけにフィリオは顔を赤くして俯《うつむ》いた。

「君が気にする必要はどこにもない。それなりの見返りは国王からも確約されているからね。明日は晴れやかな顔をしてここに来るといい。何しろ、あのヒュルケン将軍の心を射止めた人だ。神殿の全員が誓約の儀式を行えることを喜んでいる」

「ありがとうございます」

にこやかに穏やかに語られる聖王親衛隊長の言葉に、フィリオはほっとした。無理を通したがために嫌な気分になっていやしないかと心配していたのだ。これで心置きなく式を迎えることが出来る。

「それより君の方はどうなんだ？　ヒュルケンがかなりしつこくごねていたと聞いたが」

フィリオは「あはは」と乾いた笑みを浮かべた。

そうなのだ。神殿での日程が決定し、さあこれで安心だと安堵《あんど》したのは僅《わず》かの間のことで、

「どうせすぐに一緒に住むなら今から住んでも同じことだ」

そう言い張るベルは、一旦実家へ戻るフィリオを離そうとしなかったのだ。言っていることはもっともで、理屈上はそれでもいいと思っているフィリオだが、短い間で準備をすることはたくさんある。逆に、猶予がたったの二日しかないからこそ片づける

べきことが多いのだ。

　それを理解させるために懇々とベルに説明をし、

「将軍、フィリオ様がお留守の間にこちらに立派な部屋を用意しましょう。婚儀を終えて戻られた時に驚くフィリオ様の顔を見たくありませんか？」

　サイデリートが魅惑の提案をし、

「フィリオ＝キトはきっと今まで以上に愛らしくなってお前の前に立つだろうな。勿論、ヒュルケン、お前のために食べ頃になって」

　インベルグ王子はベルのためにという言葉を強調し、

「ベルさんだけじゃなくて、僕も寂しいですよ。でもこれからはずっと一緒にいられると思ったら、それくらい些細《ささい》なことじゃないですか。僕のためにベルさんがどんな準備をしてくれるのか楽しみに待ってますね。あ、勿論、実家に帰っている間もベルさんにお昼を持って行きますよ。脂の乗ったお肉がたっぷりの手料理、食べたくないですか？」

　言いながら、ベルの頬に口づける。そして
「――今度この屋敷に来る時には、僕はベルさんのお嫁さんだね」

　ベルの逞しい体に抱き着いて、見上げる桃色の瞳。

「フィリオ＝キトとして出て行った僕が、フィリオ＝ヒュルケンになってウェルナードと一緒に戻って来るなんて、とても素敵だと思わない？」

　これが決定打となり、渋々ながらもベルはフィリオの帰宅を許可したという経緯がある。

　ルキニ侯爵と馬に乗り、森屋敷を出る間際まで見送り、ともすれば追い掛けて来そうだったのには、エメに頑張って貰った。ベルの服を引っ張って貰ったのである。

　流石のベルも、自らが「家族」と呼ぶエメを無下に扱うことは出来ずに佇《たたず》むしかなかったのだが、見送るベルの泣きそうにさえ見えた青い瞳は「見ちゃいけない、見たら絆《ほだ》される」と思うに十分なものだった。

そんなことを思い出していたからか、小さな溜息が零れたのを見てナイアスは苦笑を浮かべた。

「まあ、いろいろ苦労することもあると思うが頑張ってくれ。特にインベルグが何か余計なことを仕出かした時には、知らせてくれればすぐに対処しよう」

「ありがとうございます」

「インベルグも親切でやっているとは思うんだが、どうもあいつの場合は親切とお節介と面白がっているのが混同されていて、どうしようもないんだ。今回のことは陛下の後ろ盾があるものだから、余計に張り切っている」

「でも助かってるところもありますから」

何も言わずに行動だけで推し進めるベルだけなら、もっと状況は変わらないか、余計にこんがらがっていた気がする。結果論にしか過ぎないが、第三王子の強引さはベルには確かに必要なものだったのだろう。

おそらくこれからも振り回されることになるだろうが、そこはもうフィリオ自身が気をつけるしかない。

「それで式の準備の方は進んでいるのか？　体一つでいいとはいえ、婚礼衣装は必要だろう」

「あ、はい。それは父方の祖父が間に合うように手配してくれています。僕は別にどんなのでもいいって言ったんですけど、キト家や侯爵家の名誉に関わるからって」

「おじい様と言えば、老ルキニか」

現在ルキニ侯爵家の当主はフィリオの父親だが、

先代ルキニ侯爵である祖父は健在で、交流は盛んだ。実家に戻って真っ先にフィリオが赴いたのがこの父親の実家で、

「ヒュルケン将軍と結婚することになりました」

そう告げた時には、白い髭を揺らして笑いながら頭を撫でてくれた。

放火事件から城での刃傷《にんじょう》沙汰までのすべてを既に聞き及んでいた老ルキニは、当然フィリオとベルが公衆の面前で結婚する意志を示したことを知っており、その時からもう衣装屋に手配を済ませていたという。

「可愛い孫が三宝剣の一人と縁を結ぶのだから、嬉しさもひとしおなのだろう」

侯爵家の跡取りは、父親の姉の息子――従兄《いとこ》が継ぐことが既に決定している。ルキニ侯爵家はクシアラータでは珍しく、男が家を継ぐのが習わしなのだ。


「何にせよ、後は無事に式を終えるのを待つだけだ」

「はい」

素直に頷くフィリオを見下ろす聖王親衛隊長の表情は柔らかい。インベルグが突っ走った感じはするが、うまくまとまってよかったと思うのは紛れもなくナイアスの本音だった。

神殿にやって来たインベルグが日程を捻じ込んで来た時には腹も立ったが、クシアラータ国の未来やベルの落ち着かなさを聞くにつれ、早めてよかったと今回ばかりはインベルグの行動力に感謝してもいいかなと思うナイアスだ。

「短い間にすることがたくさんあって大変だな」

「はい。でも動き回っている方が落ち着きます。なんだか今になってドキドキして来ました」

フィリオは淡く微笑んで自分の胸を押さえた。数多くの恋人たちが儀式を挙げるのを近くで見ていた

ナイアスには、まさに結婚を前にした幸せたっぷりの花嫁に見える。

「ヒュルケンの方はどうなんだ？　会っているんだろう？」

「ベルさんはいつも通りですね。お屋敷の方は、インベルグ王子が寄越してくださったサイデリートさんが上手に回してくれてます。他の手配も何もかもしてくれてるから、なんだか悪いという気持ちになってしまって」

「ヒュルケンに関しては予想通りだな」

「僕も最初から期待はしてなかったんですけど、本当にベルさん見てると変わらないっていうか……」

だが、いつもと変わらない中にフィリオと会う時だけは「まだなのか？」と問い掛ける瞳の色がある。

「ベルさんは普段通りでいいです。浮かれたら大変だから」

「確かに。それは容易に想像出来る。まあ、こうして仕事以外で感情を表に出すことが増えるのはいいことだと思う。これからもヒュルケンをよろしく頼む。三宝剣としてだけでなく、ヒュルケンの友人の一人としてお願いする」

青銀の髪を揺らして頭を下げたナイアスに、フィリオは慌てた。

「そんなこと！　僕の方こそ、これからよろしくお願いします。家のことでは出来るだけベルさんが迷惑掛けないようにします」

「わかった。君が良識ある人で本当によかった。この良縁を感謝しよう」

ナイアスは恭しく聖王神殿に向かって片手を胸に当てて礼を取った。

聖堂と高く聳《そび》える尖塔《せんとう》、そして教団の神子《かみこ》たちが住む施設、貴族の子弟が通う学習院、それから歌唱隊が生活する楽舎。

城は、ある意味フィリオにとって住み慣れた場所でもあった。それこそ、現在勤務に出ている儀礼庁に比べると、神殿のある区画の方が遥かに馴染みがある。遅い声変わりを終える十五歳になるまで、フィリオの世界はこの中で完結していたのだ。

歌唱隊に属する子供たちはほとんどが寮に住まう。幼い子で五歳から上は十五、六歳までの子供たちが集い、声楽以外にも器楽などを学び、一般教養や儀礼などもその時に一緒に学習していくのだ。

風に乗って歌声が聞こえる。

フィリオの視線が声楽堂に向けられたことに気づいたナイアスは、ふっと頬を緩めた。

「懐かしいかい？」

フィリオは頷いた。半開きの唇が歌詞をなぞるように動くのは、条件反射のようなものだ。

しばらくそうして懐かしい雰囲気の欠片に触れているフィリオを、聖王親衛隊長は目を細めて見守っていた。

2-2

二日という期間はあっという間に過ぎ去り、フィリオは今、神殿内部の控えの間で静かに出番を待っていた。

あまり例を見ない夜の儀式ということで、普段なら落とされている主殿の明かりは煌々《こうこう》と灯《とも》され、厳かな雰囲気で石造りの堅牢《けんろう》な建物を照らしている。

常と変わらない手順を踏むだけなのに、時間帯が違うことと、第一王女の結婚以来の大物の挙式ということで浮足立つ人々のパタパタという足音や衣擦《きぬず》れの音は、扉を隔てた中にまで聞こえて来る。

着付けを手伝ってくれた姉たちも、神殿の中に並ぶために既に出て行き、室内にはフィリオが一人だけ――ではなく、心強い味方がいた。

「ベルさんのところに行かなくていいの？」

青銀を散らした黒毛の獣は、気にするなというように二股に分かれた尾を振った。

フィリオの横に前足を揃えて座るエメの首には、白と桃色の二色の布を使って大きなリボンが結ばれている。

「毛並もさらさらだね。いい匂いもするし、サイデリートさんにして貰ったの？」

エメがベルの世話を焼くことはあっても、その逆はないと信じているフィリオが真っ先に思い浮かべたのは、この二日間、森屋敷に常駐して家の中のことを取り仕切っているサイデリートだった。

しかし、エメは首を振る。

「じゃあ誰？　パリッシュさん？　使用人の人たち？　まさかベルさんの部下の人じゃないよね？」

名を挙げるがどれにも首を縦に振らない。こういう時に言葉が喋《しゃべ》れたら便利なのにと思うが、ないも祖父が用意した婚礼衣装は、最高の素材を使われてはいるが、形はクシアラータ国で誰もが身に着けるものと大差ない。

薄い紗《しゃ》のベールを肩から垂らし、鳥模様が薄く刺《し》繍《しゅう》された真っ白い裾が広がる軽い上衣と下衣を金色の紐《ひも》で結ぶだけ。その後の飾りつけはもう見栄のようなものだと思う。フィリオの雪のような銀の髪に何をつければ映えるか、耳飾りはどれにしようか、もっと首飾りを重ねてつけてはどうだろうかと、持ち寄った宝石を手に姉たちが騒ぐこと。

結ぶほどの長さのない髪で本当によかったと思った。もしも肩を過ぎるくらい長ければ、姉たちは、結んだり、網を被せたり、飾りと一緒に編み込んだりなど、ここぞとばかりに飾り立てただろう。

結局、髪には何もつけずに、銀糸で編まれた網目の布を被せるだけに留めてくれたのは有難かった。

のねだりはするだけ無駄だ。

「じゃあ、後でエメを綺麗にしてくれた人を紹介して。お礼を言いたいから」

了解だとエメは大きく二本の尾を振った。

神殿にはベルが伴ったとしても、エメが一匹でフィリオの控室にやって来たとは思えない。きっとエメの世話をした人が、それも今日の儀式に参列する誰かが連れて来たのだろう。そう考えたのだ。

漆黒の毛に鮮やかな色のリボンは目立つが、晴れの舞台だけにお洒落《しゃれ》しましたという感じが出ていて、一見近寄り難い大きな獣なのに愛らしく見える。リボンをつけてくれた人物がそれを狙ったのだとしたら、まさしく思い描いた通りだ。

「本当にリボンも可愛いし、似合ってるよ」

それに引き替え自分と来たら……。

思わず溜息もつきたくなる。

天井を見上げ、フィリオは大きく息を吐き出した。細かな模様が散りばめられた白い天井、そこに曇りも汚れも何もなく、

（こんなところも毎日掃除するのかなあ）

などと取り留めのないことを考えるのは、これから臨む誓約の儀式への実感がないというよりは、ふわふわした高揚を覚えているからだろう。

朝起きた時には普通だった。昼にベルに弁当を届けた時も変わることはなく、いつもと同じように四阿《あずまや》の椅子に座り、一緒に昼食を食べ、少しの間膝枕をしてあげて——。

何も変わらない一日を過ごし、そうして今、正式に伴侶となるための式を待つ。

「どうしよう、エメ。なんだか急にドキドキして来た」

そわそわと落ち着かず、手近にあったエメの毛に網にはフィリオの瞳と同じ桃色の石がつけられ、全体的に白く淡く出来上がっている。

もっと華やかにしなくちゃヒュルケン将軍の迫力に負けちゃうわよ。

そう主張したのは次姉のアグネタで、最後まで大ぶりの宝石を両手に幾つも抱えていたのだが、フィリオには質素な方が絶対似合うと主張する兄や妹に渋々と諦めていた。大ぶりの宝石は確かに姉二人のように自ら輝こうと自己主張する性格の持ち主には似合うだろうが、大人しいフィリオがつければそちらに目が向いてしまうのは明らかだ。

フィリオ自身もごてごてした飾りは好きではないため、兄と妹が頑張ってくれたことには本当に感謝している。その二人、兄は妻と、妹は婚約者と共にキト家の皆と席に並び、儀式の始まりを待っている。

ふぅ……。

触れて撫で回す。

「ねえ、ベルさんはどうしてた？　軍務庁から直接来たのかな？　インベルグ王子が準備は万端だってとってもいい笑顔で言ってたけど、本当にちゃんと出来てるのかな？　いきなり飛び掛かって来たりはしないよね？　大丈夫だよね？」

取り留めもない心配の言葉ばかりが口に出る。考えてみればそれも当然なのだ。

仮婚から今までずっと慌ただしく過ぎてしまい、ゆっくり考える暇もなく誓約の儀式を迎える。仮婚の間はベルとの生活に振り回され、最後には付け火というオチまでついた。

嫁になると決めたのは自分だが、改めて考えるととても不思議な気がするのだ。何しろ、ウェルナード＝ヒュルケンという人物についてフィリオは何も知らない。三宝剣の一人で、国の重鎮で、英雄で、将軍で——とこれらは対外的に誰もが知っている表面的なもの。フィリオだけが知っているのは、甘えん坊で強情で、言葉が少なくて、強くて、女の人を怖がって、野菜を嫌いということだけ。どんな風に暮らして、どんな風に育って来たのかは何も知らない。

「それでも、いいのかな？」

「何がだい？」

「父上！」

独り言に返事が返り、はっと顔を上げれば貴族の最高礼装に身を包んだルキニ侯爵が近づいて来るところだった。

フィリオは立ち上がり、父の首に抱き着いた。

「おやおや、これはどうしたことだろう。これから私の手元を離れて嫁に行く子が、こんなに甘えるなんて」

言いながらも侯爵の手は、優しく息子の背中を撫でる。

ベルよりも細く、ベルよりも小さく、だがこれまでずっとフィリオが一緒に暮らして来た大事な父親。少し甘い香りはルキニ侯爵が好んで使う香料の匂いで、書斎に入った時に嗅ぐこの匂いに、幼いフィリオはどれだけ癒されたかわからない。

もう覚えていない実父も似たような香りを纏《まと》っていた気がするが、フィリオが確かに覚えているのはルキニ侯爵の匂いだけだ。

「それで、甘えん坊のフィリオは何を悩んでいたのかね？」

「悩んでいたんじゃないんです。ただ今頃になってじわじわ実感が押し寄せて来て、夢みたいで、自分のことだって思えなくて……。父上、僕、本当にベルさんと結婚していいんでしょうか？　ベルさんのことは好きだけど、でも」

ルキニ侯爵は口元に緩やかな笑みを浮かべた。

寝床の中でしくしくと泣きながら抱き着いて来た幼子が、他の男の手に渡ることを実感していないのは侯爵も同じなのだ。もしかするとその意識はフィリオよりもルキニ侯爵の方が強いかもしれない。

家に帰ればフィリオがいて、キト家の中には必ずこの子供の笑顔があった。父たちの死に、母の死に、泣き顔もたくさん見たけれど、それでも強く優しい子に育ったと思う。

ルキニ侯爵の大事な宝物の一つだ。もっとずっと年老いて引退して爵位を甥《おい》に譲って、それから緑の木々を眺める部屋の陽だまりの中で、フィリオと一緒にずっと時を刻んで行くのだと、夢見ていた気がする。

その栄誉は、ウェルナード＝ヒュルケンに渡さなくてはならなくなったけれども。

「フィリオ」

このまま家に連れて帰ろうかという気持ちを抑え込み、侯爵は妻と弟の忘れ形見の頬に手を滑らせた。

「仮婚の間、お前はどう思った？　ヒュルケン将軍と一緒に暮らして嫌だ帰りたいと思ったことはあるかい？」

「……ないです」

ベルの我儘に振り回されることもあったが、怒ることはあっても嫌な気持ちを抱くことはなかった。必要最低限のことさえも省略するベルだが、それで揉《も》めたことも、面倒だと思ったこともない。

「でも僕はベルさんのことは何も知らない」

「それをこれから知って行けばいい。ヒュルケン将軍は今、幾つだったかな。ああ、お前と十違うから二十七歳か。二十七年、これから先二十七年間を今までのヒュルケン将軍の人生を辿《たど》って知ることに費やすのも悪くないと思うよ、私は」

「これから先の二十七年……？」

「その点では将軍の方が短くて済むか。勿論、二人で過ごすこれからの時間は時間で大切にしなくちゃいけないいけれどね」

ベルは将軍で、戦場に身を置く立場にある。時には前線で剣を振るうこともあるだろう。別れはいつもいきなり訪れる。それを誰よりもルキニ侯爵は知っている。同じ女を妻とする実弟と友人の二人を同時に失った時に襲われた喪失感は、今でも震えが来るほどだ。

目出度い婚姻の日に悲しい思い出は必要ない。だが、これから先を共に歩むのであれば、避けては通れない話題だ。

「今はまだわからないかもしれないけれど、後から振り返った時、きっと今の自分を笑ってしまえるくらい幸せになれるはずだよ」

「父上も？」

「ああ。ベッティーナと結婚した時はもっと凄かった。兄弟二人してどうして同じ女を妻にするんだと散々周りに言われてね、当日になって本当によかったのかどうか悩んだものだよ」

当時既にルキニ侯爵の弟は第二夫となってフィリオをもうけていたから、余計にその声は大きかった。キト家の婿に侯爵家の長男が入るのは何事か、と。

ここで侯爵はフィリオに内緒話をするように囁《ささや》いた。

「お前の母上はね、実はとても寂しがり屋だったんだ。だから、なんだろうね」

先に結婚して幸せな家庭を築いていた弟が、軍人ではない兄を妻の夫に推したのは。

侯爵の友人も弟も軍人で、当時はまだ国境で小競り合いが続き、戦が絶えなかった。自分たちが戦死した後、一人残される妻や子供たちを思った第一夫と第二夫は、出征する日の朝、まだ小さい子供たちに纏わりつかれ、

「行ってきます」

と微笑みながら、後を任せると侯爵に瞳で語っていた。その時の表情はきっと死ぬまで忘れない。

「だからね、フィリオ。たくさん甘えなさい。たくさん喧嘩をしなさい。そうして二人でたくさんの思い出を作って、それから出来れば私のところに話に来て欲しい」

「父上……」

「大丈夫。ヒュルケン将軍の人柄は陛下も認めている。わからないことは将軍に聞きなさい。将軍はお前の話を聞かない人ではないのだろう？」

「うん」

ベルはフィリオが喋っているのを見ているのが好きだ。話を聞くのも好きだが、それよりもフィリオの顔を見て嬉しそうにしていることの方が多い。自分に話しているのではない時、エメや小動物たちに話し掛けている姿すら楽しそうに眺めていることに、森屋敷にいる間に気づいてしまった。

見られていると思わなかったフィリオは、最初に気づいた時に恥ずかしく思ったが、共にいる時間すべてがそんな風だったからすぐに慣れてしまった。

「さっきも同じことを言ったが、何も知らなければこれから知ればいい。知った後でどうするかは、お前たち二人で考えなさい。ヒュルケン将軍はとても真摯な方だと思う。お前をきっと幸せにしてくれる。ほらフィリオ、せっかくの花嫁がそんな顔をしてどうする」

浮かんだ涙を白い光沢のある絹のハンカチで拭った後、ルキニ侯爵は懐から取り出した腕輪をそっとフィリオの手首に巻き付けた。黄緑と淡い青の宝石が金の鎖で繋がれている細い細い紐のような腕輪だ。

「お前は私の息子だ。そして明日からはヒュルケン将軍の妻にもなるお前に。こんなに早く渡すことになるなんて思わなかったけれど仕方がない。これはミゲル……お前の父親からの贈り物だ」

「父様の……？」

「戦に出る前に預かっていた。お前が結婚する時に渡して欲しいと」

当時フィリオはまだ六歳。

「それはお前の役目だろう。それに早過ぎる」

と侯爵は笑ったが、同じように笑う弟の穏やかな笑みの中にある静かな決意をみて、黙って受け取った。自分が死ぬことを予感していたのかと、戦死の報せを受け取った時に思った。

形見であり、弟からの息子への届け物。

ルキニ侯爵を見上げるフィリオの瞳に涙が盛り上がる。

「これ、父様から？」

「そうだ。自分で渡せと言ったんだがね」

結局その役目は兄であるルキニ侯爵が担うことになってしまった。

フィリオは嵌《は》めた腕輪をそっと指で撫でた後、唇に触れた。

――ありがとう、父様。

今はもういない実父へ想いを込めて。

「侯爵、フィリオ様。お時間です」

呼びに来た神子の声に、フィリオははっと顔を上げ、もう一度侯爵に涙を拭って貰った。

「よし、可愛いぞフィリオ。お前が一番可愛い」

大きく広げ、そしてそのままフィリオの背中を軽く叩いた侯爵の手が、そっと添えられ外へ促す。

「さあ行こう。ヒュルケン将軍がお待ちだ」

「はい」

フィリオは顔を上げた。

この扉を一歩出ればもう儀式は始まっている。

侯爵が扉を開けると恭しく一礼する年若い神官がいた。真っ直ぐに続く廊下は、そのまま聖堂へと続いている。赤く敷き詰められた絨毯《じゅうたん》が儀式への道《みち》標《しるべ》だ。

父親に右手を取られ歩くフィリオの後ろには、ここは自分の場所だと言わんばかりにエメが優雅について歩いている。神官が黙認していることから、エメが付き添うのは決められていたことなのだろう。

（そうか、エメは僕の護衛なんだ）

第三王子が言っていた。儀式を終えるその時まで、

ベルはまだクシアラータの国民ではないのだと。屋敷や城内では王子が手配した軍人が護衛についていたが、神殿の中ではそうもいかない。無粋な軍人が入れるのは入り口まで。だからそのためのエメだ。お洒落をして可愛らしく尾を振っている黒い獣は、勇敢で強く賢い。花嫁を守る役には適任だ。

「ありがとう、エメ」

不安なフィリオの傍にいて一人にさせなかった。今も後ろを歩きながら、行け行けと励ましてくれているようにも見える。

もう目の前に迫った扉を抜ければ、真正面に聖王像が見えるはずだ。その聖壇の前で待っているだろう男を思い、フィリオはふっと体から力を抜いた。

(どんな顔して待ってるのかな。何も言わなかったけど、緊張してるかな?)

想像すると何となく面白い。そうすると、早く会いたくなるから不思議だ。

「行くよ」

「はい」

扉を潜《くぐ》れば儀式が終わるまで余計なお喋りをすることは出来ない。静かだけれど、少なくない人がいる気配がここまで伝わって来る。皆がフィリオとベルの結婚を祝福するために、遅い時間にも拘らず、こうして参列してくれたのだ。

一瞬強くルキニ侯爵に手を握られ、フィリオは頷いた。エメの鼻先がツ……と背中に軽く触れた。

行け。

真っ直ぐ前を見て、フィリオは一歩を踏み出した。

これから歩き出す、新しい世界がここから始まる――。

広い聖堂の聖壇の前、腕組みして立つ男に思わず笑みが零れた。待ちきれないと、早くここまで来いと全身で告げている。青い瞳に映るのはフィリオだけで他には何もない。

もしも聖堂でなければ、もしも二人の大切な儀式でなければ、きっとベルは真っ直ぐ自分のところに駆け寄って、そのまま抱き着いたことだろう。

(偉いよ、ベルさん。ちゃんと我慢してる)

式が終わったら――。

それを誰よりも心待ちにしていた男。

灰色の線が入った黒い軍服は普段と変わらない。背に靡《なび》く長く白いマントも変わらない。胸や肩に着けている記章の数が少し多かったり、耳飾りの宝石が大きかったり、肩から斜めに掛けた三本の金線入りの水色の懸章《けんしょう》は初めて見るし、胸元に垂れ下がる飾緒《しょくしょ》は派手な金色で、腰に佩《は》いた剣の鞘《さや》は真っ白な飾り仕様に替わっていたけれど、フィリオを見つめる青い瞳は毎日見ていたのと同じだ。

(ベルさん)

じっと見つめ返すフィリオに、ベルは薄く口元に微笑を浮かべた。

――フィリオ。

声より雄弁な瞳が呼ぶ。

足はもう止まることはない。ルキニ侯爵に引かれるまま聖壇へと進み、ベルの隣に立った。

誓約の式と呼ばれてはいるが、儀式そのものは実に簡単で短時間で終わる。誓約を交わす二人が互いに相違ないことを聖王像の前で宣誓して第一段階が終わり、最後に円《まる》く薄い小さな石板に自分たちの名を刻み、聖王神殿内の泉に沈めれば完了だ。

一番手が掛かるのはこの刻印だった。固く先が尖っている鉄芯を使うとはいえ、書き慣れた筆記具とは感覚が違う。四苦八苦してようやく刻んだ自分と違い、軽く削るように滑らかに使ったベルの意外な器用さにフィリオは素直に感心した。

二人でゆっくりと泉の前に進み、手のひらを合わせて持っていた石板をそっと沈めた。

「ウェルナード＝ヒュルケン、フィリオ＝ヒュルケン」

神殿長に呼ばれ、立ち上がった二人の手をそれぞれの付添人が取り上げ、夫婦となった二人の手を重ね合わせた。

その時になって初めてフィリオは、自分に父親がついているようにベルにも付き添いがいることを知った。

エメはフィリオについて来た。ではベルには誰が？

（……インベルグ王子じゃない……）

まだ若い——と言っても三十歳は超えていそうな男の肌の色は白く、髪の色は明るい茶色。一目見てクシアラータ以外の国の出身だとわかる。

懸章は鮮やかな紅《あか》に白十字の線、穏やかで柔和な表情を浮かべるその人の顔をわからなくても、さすがに紅に白十字はわかる。王族だ。そして、ベルと縁がある他国の男は一人しか聞いたことがない。

（この方がシス国の王子殿下……）

クシアラータ国次期国王である第一王女の配偶者キャメロンだ。

まさか神聖な場が初対面になるとは考えもしなかったキャメロン王子の姿に、フィリオは目を丸くした。こっそりと目だけを動かして隣を見れば、ルキニ侯爵は知っていたようで軽く頷いてみせた。

驚いたままのフィリオとベルの手を取った神殿長

が、参列者に見せつけるように高く掲げた。

「二人が夫婦になったことを聖王の名において宣言する」

高らかな宣言と同時に神殿の鐘が何度も何度も鳴り響く。それに重なるようにして、外から響いて来た大きな歓声に、フィリオはびくりと肩を揺らした。

声を出したのはベルだ。

「これは……」

ベルの眉がそっと寄せられた。

もしや儀式を妨害しようとした誰かがいたのだろうかと思ったのだが。

「部下たちだ」

端的な言葉は非常に納得のいくものだった。

「フィリオ、もう儀式は終わったから普通に喋ってもいいんだよ」

侯爵の手が肩に乗り、フィリオは夫になった男の顔を見上げた。

「よかったですね、ベルさん。みんなに祝福して貰えて」

「違う」

「え？　何が？」

「名前」

「あ……ええと、ウェルナード？」

それでよしとベルは小さく笑みを浮かべ、フィリオの手を取った。

「これでフィリオは俺の嫁。誰も文句を言えなくなった。それに横取りもされない」

「横取りは知らないけど、文句言う人はいないと思いますよ」

「そんなことはない」

「ベルさんの勘違いじゃないですか？」

しかし、ベルは頑なに首を振る。挙句に、

「一人歩きは気をつけろ。知らない人について行ったら駄目だ」

まるで幼い子供に言い聞かせるようなことを言う。

（なんだろう、この過保護ぶり）

いや違う。過保護ではなく、心配性なのだ。溺愛に関してはもう、フィリオ自身が自覚済みなので根底にあるとしても、宝物のように大事にされているのは伝わって来る。

「大丈夫だと思うけど、気をつけますね」

絶対にと念を押す言葉に、単なるベルの欲目のせいだと簡単に考えていたフィリオが、少なくはない人々がベルとフィリオの結婚に反対し、抗議するためにルキニ侯爵やベル本人の元を訪れていたのを知るのは、もう少し後になってからのことである。

二人が動き出すと同時に厳粛だった場に賑やかさが混じる。


神殿長が神子と共にその場を退出すると、すぐに近づいて来たのはフィリオの家族だ。着飾った彼らは次々にフィリオを祝福し、寿《ことほ》ぎの言葉を寄せた。兄や姉、妹と婚約者とその家族、祖父母や従兄弟《いとこ》など、キト家や侯爵家の皆がそれぞれフィリオの頭を撫で、抱き着いて幼い花嫁を祝うのだ。

丁寧に梳《す》いていた髪は上に被せていた網ごとぐちゃぐちゃになり、抱き着かれたせいで衣装は皺になったが、そのすべてが家族の気持ちの表れだと思うと逆に嬉しく感じられる。

家族が押し寄せれば当然ベルと引き離されてしまうわけで、家族の輪の外に意図的に弾き出されたベルは、フィリオに手を伸ばし掛けて「止めとけ」と第三王子に肩を叩かれていた。

ようやくのことで全員から祝いの言葉を受け取ったフィリオは、乱れた髪をアグネタに直して貰うとすぐにベルの元に駆け戻った。

「ごめんなさい、ベルさん」

少し跳ねた髪をベルの手が撫でて戻してくれた。

「ありがとう」

軽く顎を引いたベルは、そのままフィリオの手を取り、参列者の席の近くに固まっている一団の方へ歩き出した。

「フィリオを紹介してくれと頼まれている」

「え、でもあの方たちは……」

思わず後ろを振り返れば、ベルの意図を察して家族の輪から抜け出してついて来たルキニ侯爵とキャメロン王子がニコニコと笑っていた。

「ベルさん……」

しかしあの一団——つまり国王一家にこんな形で拝謁することになると思わなかったフィリオには、誓約式よりも緊張する場面だ。


国王夫妻、第一王女を筆頭に八人の子供たち全員が揃っている。面識があるのは第三王子くらい、後の方々はフィリオが一方的に顔を知っているだけで初対面だ。

（陛下に会うのにこの格好でおかしくないかな？）

婚礼衣装という最高の服を着ているのに、そんなことまで考えてしまう。抱き着かれ揉みくちゃにされてよれた衣装と髪を直す時間をくれたらよかったのにと、引っ張って来たベルを恨みたくもなる。

貴族の地位を持つものすべてが国王と言葉を交わす機会を持てるわけではない。寧ろ、顔は見知っていても遠くから眺めるくらいで、ここまで至近距離で会うことなど、一生ないと思っていたのだ。というよりも、国王に会うという発想そのものがなかった。

確かにベルは三宝剣の一人で、御前会議に出席し、意見を述べることが出来る立場にあるが、結婚したといってもフィリオは何の地位も役目も持っていない。仕事ですら、父の厚意で役所に勤めさせて貰っているくらいで、それも補佐という名の雑用係だ。

つまり、侯爵家の人間という以外に、フィリオが個人として国王に拝謁するだけの地位も資格も何も持っていないのだ。心構えも出来ていないところに、いきなり自分の国の一番偉い人の前に出された方はたまらない。

かといって、いきなり背を向けて走って逃げるのも失礼極まりない。

ベルに手を繋《つな》がれ引っ張られるようにして国王夫妻の前に立った時、フィリオは体全体がまるで石のように固くなっているのを感じた。

そんなフィリオの緊張を知ってか知らずか、はたまた知っているがあえて無視しているのかわからないが、国王はそれはもう晴れやかな笑顔になった。

「おめでとう、ヒュルケン将軍。国王として、あなたの家族の一人として本当に嬉しく思っています」

(家族の一人……？)

台詞の中に気になる言葉があったが、ベルの方は気にした様子はない。

(ベルさんと国王様が家族……のわけはないよね)

シス国のベルとクシアラータの国王の間に血縁関係がないのは、まるで異なる外見を見れば明らかだ。

(キャメロン殿下と同じ出身国だからって意味？)

しかしそれなら他のシス国出身者全員が家族ということになってしまう。もっと広義の意味で捉えて、自分の国の民、即ち我が子だという考え方をするのなら意味が通じないこともないのだが――。

(キャメロン殿下のこととか、エメのこととか、訊けば教えてくれるかな？)

自分はまだベルについて知らないことが多い。

儀式前に感じた不安が少しだけ顔を覗かせたが、無理矢理胸の中に押し込んだ。そうして隠してしまうのではない。今が尋ねる場にないだけで、落ち着いたら少しずつ話をして聞いてみるつもりだ。

ベルににこやかに話し掛けた国王は、先にフィリオの後ろに立つルキニ侯爵へ祝いの言葉を述べ、それからゆっくりと緑色の目を細めてフィリオを見つめた。

「フィリオ＝キト——いいえ、もうフィリオ＝ヒュルケンね。結婚おめでとう」

「あ、ありがとうございます」

「ヒュルケンは将軍職をあずかる身。共に生活する中で大変なこともあるとは思いますが、二人で支え合って末永く幸せに暮らすことを望みます」

大きな声でも張りのある声でもなく、この場にいる国王は国王としての言葉の中に、親しい人へ贈る気持ちを乗せていた。

その後、夫君や第一王女にも祝いの言葉を貰ったが、正直もう頭の中が飽和状態で、誰にどんな言葉をいただいたのか、失礼ながら覚えるまでには至らなかった。それくらい緊張し、話し掛けられるたびに頭の中が真っ白に塗り潰されていたのである。

「解せんな」

そう低い声が降りて来たのは、フィリオと大して年が変わらない末王女との対話を終えた後だった。

「インベルグ王子……」

見知った顔が間近にあり、美形だが怖さの方が勝る顔にも拘らず、フィリオはほっと肩から力を抜いた。

「その態度、俺には平気なのにどうして妹や弟には緊張するんだ？　ババア——国王はまだわかるが、他のは自分で言うのもなんだが俺より無害な奴らばかりじゃねぇか」

眉間に皺を寄せたまま第三王子はフィリオの額を指で弾いた。直後、

「――イテッ！」

すかさず伸びて来た腕がフィリオに触れた指をグイッと力任せに握ったからたまらない。

「フィリオに触るな」

腕の主は勿論ベルである。

「けちけちすんな。ほんのちょっと触れただけだろうが。撫で繰り回したわけでもあるまいし」

「そんなことをしたら腕がなくなると思え」

いや生温《なまぬる》い、やはり代価は命だろうか。

そんなことを小さく呟くベルに、フィリオはやれやれと溜息をついた。

「そんなことされる前にちゃんと拒否するから、物騒なことは考えなくていいです。インベルグ王子もあんまりベルさんを刺激しないでくださいね」

二人の顔を見て言えば、ベルは不服そうに、第三王子は楽しそうに眉を上げた。

「ま、これでお前も家族持ちだ。こいつや使用人を養うためにこれからもキリキリ働くんだな」

「当然だ。フィリオに不自由はさせない」

「あのねベルさん、そこまで頑張《がんば》らなくていいですからね？　今も不自由なんかしてないし、仕事を一生懸命するのはいいことだと思うけど、忙し過ぎて体壊したりする方が心配だから」

それに軍人が張り切って仕事をするような事態が起こる方が嫌だ。出来るなら何もしないでいいくらい暇なのがちょうどいい。

（戦になったら嫌でもベルさんは出て行くんだから、何もない方がいい）

そんな不安が顔に出ていたのか、王子と話していたベルは「大丈夫」と低く小さな声で言いながらフィリオの肩を抱き寄せた。第三王子が小さくヒューと口笛を吹くのが目に入ったが、見なかったことにして夫になった男にそっと寄り添った。

誰が見ても完全な夫婦である。それぞれ談笑していた人々は、小さく互いをつつきながら微笑ましい目で二人を眺めていた。

いつまでも聖堂の中にいるわけにもいかないので、一同は外に出るため大扉を潜った。先に親族が、それから新婚の二人が。その時に、先に出て行った全員が一度一瞬立ち止まるように足を止めたが、ベルと話しながら歩いていたフィリオが気づくことはなかった。だから気を抜いたまま扉を出たフィリオは、

「将軍！　おめでとうございます！」

「末永くお幸せに！」

二人の姿が見えた途端、聞こえて来た大音量の声にこれ以上ないほど目を大きく見開いてしまったのは仕方がない。

聖堂の建物は五段ほどの石段を上ったところにある。その石段の前には軍服を着た兵士たちが勢揃いし、大きな歓声を上げていたのだ。その数は百や二百ではきかないだろう。

「ベルさん、これ……」

「――部下だ。帰ったと思っていたのに」

「知らなかったんですか？」

「知らなかった。聖堂で式を挙げるのは全員が知っていたが集まるのは聞いていない」

ベル本人もまさかの部下たちの行動に驚いているようで、フィリオ同様青い目を見開いている。

思わず足を止めて立ち竦んでしまった二人に向けて投げ掛けられる多くの祝福の声。

「驚いた。お前、こんなに人望あったんだな」

酷《ひど》い言い草だが、第三王子の言葉は実のところベル本人やフィリオの正直な感想でもあった。人付き合いは決していい方ではなく、無愛想に見えるところもある。口で示すよりは自分が動いた方が早いという側面があるのは、仮婚生活中に新たに発見したことだ。それでいて、時々ものぐさにもなる。自分の興味のあることには熱心だが、そうでないものには無関心に近く気にも留めない。

だから、森屋敷が火事になった時にやって来た兵士たちとのやり取りがなければ、将軍という職を本当に全う出来ているのかさえ疑っていたかもしれない。

「よかったですね、ベルさん。みんなにお祝いして貰えて」

腕を引きながら言えば、フィリオにしかわからない程度に眉を下げ、困ったような照れ臭いような苦笑を浮かべた。

「あいつらはフィリオを見たがってるんだ。俺が絶対に見せたくないって言ったから。あんまり愛想よく笑顔を振りまかなくていい」

そう言って隠すように前に立とうとするのだから独占欲には困ったものだ。

「もう、すぐにそんなことを言うんだから。せっかくの好意なんだから、ちゃんと受け取らないと。ほら、ベルさんも笑って。最初に顔を見せておけばいいと思えば楽でしょ。ほら」

反対にベルの手を取り階段の一番上に立つと、それまで歓声を上げていた兵士たちの声が凪《な》いだように止み怯《ひる》んだのも一瞬、

「ウェルナード＝ヒュルケン将軍とフィリオ殿に敬礼！」

最前列にいた将校の声が響き、

「わっ……凄い……」

それまで思い思いの姿で立ち声を上げていた兵たちが一斉に片手を挙げ、ベルに向かって最敬礼をした。ベルだけでなく、勿論対象にはフィリオも含まれる。

一糸乱れぬとはまさにこのことだ。てんでバラバラにいたはずの全員が整列こそしていないものの見事に揃った行動。

「すごい、すごいですっ、ベルさん」

日頃の鍛錬の賜物《たまもの》なのか。ベルがどんな風に将軍職をこなしているのか知らなかったが、少し垣間見《かいまみ》えた気がする。

二人の背後には国王夫妻を始め、王の家族が立ち並ぶ。本来なら国王が至上の存在だが、今この時だけは違っていた。彼らの敬愛するウェルナード＝ヒュルケン将軍、主役は彼とその花嫁なのだから。

彼らの好意に応えるための言葉を持たないフィリオはふわりと笑みを浮かべると、足を一歩引き、衣装を摘《つま》んで膝を曲げて頭《こうべ》を垂れ、体で感謝を示した。

遅れてベルが手を挙げれば、兵士たちは挙げた時と同じように一斉に手を下ろした。

そして歓声が再び上がりかけたのだが――。

「あ、これ……」

不意に響いて来た弦楽器の音色にすぐに静けさを取り戻す。

「気づいたか？」

誰かが隣に立つ気配に顔を向けると、今日初めて言葉を交わす聖王親衛隊長が立っていた。ベルや第三王子のような軍服とは違い、割合にゆったりと作られている白い制服には、ベルや王族と同じように式典用の懸章が下げられている。

長い青銀の髪は結い上げられ、際立つ美貌は前方からも横からも完璧だ。

そのナイアスの手が上がり、すっと一方向を指差した。詰めかけた軍人たちがいる真正面ではなく、階段の横の花壇で区切られた円形の広場に立つ青を纏った子供たち。

(あれは……)

とても……とても見覚えのある制服。そして懐かしい——。

「歌唱隊……」

「耳を澄ませてごらん。始まるよ」

言った傍から、弦楽器に笛の音が混じり、やがて高く澄んだ歌声が広がり出した。五十人はいるだろう子供たちが口を大きく開け、歌っている。緩やかな出だしはクシアラータ国の国歌だ。厳かで滑らかで、だが勇ましい響きを持つそれは代々国を治める国王——女王の為人《ひととなり》を過《あやま》たず伝えていると言われている。長くはない国歌を歌い終えるとすぐに始まったのは少年の独唱で、曲名をフィリオは知っている。「始まりの歌」だ。

まだ幼い少年の高く澄んだ歌声が空へ空へと伸びて行く。

この光景には見覚えがある。懐かしい光景が鮮やかに脳裏に蘇る。

昔に、こうして歌ったことがある。貴い人のために、最前列の真ん中で大きく口を開けて、精一杯のおめでとうの気持ちを込めて。

歌唱隊に所属していたフィリオはそれはもう多くの歌を歌って来た。聖堂で、屋外で、今も少年たちが立つ場所で幾度も歌って来た。

だが、この歌を歌ったのは練習以外では本番の一回だけ。

「――知ってる、この歌」

誰に言うでもなく呟かれた独白に返って来たのは、夫になった人からの応えだ。

「始まりの歌。シス国の国家だ」

「え？」

見上げたベルの横顔は笑っていた。

「――十年前、王子の結婚式の日に、雪のように白い髪と見たことのない色の瞳を持つ子供があそこで歌っていた。俺はここでそれを見ていた」

「僕？」

頷きが答えだった。

そして笑みを浮かべたまま、言葉を繋ぐ。

「最初は隠れているのかと思った」

「え？」

「青い服の子供はたくさん同じ場所にいるのに、一人だけ全然違う場所に座っていたから最初は迷子だと思っていた。だが違った。何度も何度も歌を繰り返して練習していた。王女様に聞いて貰うんだ、王子様が優しい人だったらいいな、どうかこの国を好きになってくれますようにと目を輝かせながらずっと歌っていた」

ベルはそっとフィリオの手を握り締めた。

「正直、クシアラータの人は苦手だった。俺は好きでこの国に来たわけじゃない。王子が行くから一緒に来ただけで何にも思っていなかった。だから王子の結婚式が終わればすぐに帰るつもりだった。だがフィリオを見つけた。知らない王子のために一生懸命に練習していた優しい子供をもっと見ていたいと思った」

それは本当に偶然の出来事。もしもフィリオが独唱の役を貰わなければ、もしもベルが暇を持て余して神殿の中を歩き回っていなければ、二人は出会うことなく終わった。戦争がベルの足をこの国に留め、フィリオの父たちを含め多くの人の命を奪った。守るために少年は戦場で無双の剣を振るい、子供は神殿で祈りの歌を歌う。

一方的な出会いは、それでも一人の少年をクシアラータ国に留め、そして十年後青年となった少年が、子供だった少年を伴侶とする。

「フィリオ、今の俺があるのはすべてお前がいたからだ」

言うや否や、ベルはフィリオの膝裏に手を入れて抱え上げた。

「うわっ、ベルさんっ！」

いきなり抱き上げられてしがみつくフィリオの足元では、エメがリボンを揺らしながらじゃれつこうと飛び跳ねている。

歌唱隊の少年の独唱が終わり、祝いの席で定番の「寿ぎの歌」が合唱される。大きく伸びやかな瑞々しい声に、次第に居並ぶ人々の声が唱和に加わった。

ベルの部下たちも、聖王神殿を守る親衛隊たちも、ルキニ侯爵も兄も姉も祖父母も、国王一家も。第三王子は横を向いているが口は動いているから歌っているのだろう。

「君も」

ナイアスが笑って促し、

「フィリオ」

歌声を聞かせてくれと希《ねが》うベルのため、フィリオは大きく頷いた。

ゆっくりと石段の上に下ろして貰ったフィリオは、息を大きく吸い込み、そして胸の間で指を組み、口を開いた。

後日、かつて多くの人々を魅了した歌唱隊の愛《いと》し子が、その夜限りで再びその美しく澄んだ歌声を響かせたことを知った者たちは、自分がその場にいなかったことをとても残念に思ったという。

2-3

聖王神殿の前でまるで祭りのような賑やかなひと時を親しい人たちに囲まれて過ごしたフィリオは、

「もう夜も遅いから」

家族に促されて馬車に押し込められ、城下にある森屋敷——ヒュルケン将軍邸へと向かった。

未だ警戒が続く門扉の前には軍から派遣された兵士四人が立っていたが、馬車の中にフィリオの姿を認めると、

「おめでとうございます」

そう言って門を大きく開いてくれた。

余談だが、エメは同乗しているがベルは馬車に同乗してはいない。後から馬に乗って追いつくことになっている。これは何もフィリオに限ったことでなく、心構えと準備が必要な花嫁のための夫の気遣いだと言われている。もっとも、クシアラータの女傑が相手の場合には、夫の方が引きずられて馬車の中に押し込められる場合も多々あるそうだが、対外的には一応初夜だけは花嫁はしおらしく淑女として振る舞うというのが前提にあるようだ。

「でも準備っていっても、僕も何も知らないのに」

仮婚中にも知識を得るために本を読み漁《あさ》り、結婚が決まってからは恥を忍んで義兄に尋ねてみたりもしたが、実技が伴っていないので今一つ自信がない。

「あれ？　自信がある方が困るのかな、こういう場合」

慣れている方がいいのか、それとも慣れていない方がいいのか。

処女や童貞にこだわる国ではない。一妻多夫制でもあり、そこまで厳密さは求められていないクシアラータの中では、男の方が割と清いまま大人になる

ことが多いとは聞き知っているが、ベルがそれに当て嵌まるかどうかは不明だ。

　ただし、何かにつけインベルグに知恵をつけられたことを実践するところから見る限り、フィリオ以上に経験を伴っていないだろう。

（出来るのかな、僕たち）

　下世話な話だが、実際切実な問題だ。

（こういう時にこそインベルグ王子がいてくれた方がいいんだけど）

　とはいえあの王子なら、何を吹き込むかわからない。結婚すればいつでも舐めたり齧ったりすることが出来ると教え込んだのは、他ならぬあの王子なのだ。それが切っ掛けとなって二人がこうしてあるのだから、結果よしとしか言えないのだが。

「仕方ない。なるようになるでしょ、きっと！」

　自分を鼓舞するようにフィリオは声に出した。そんなフィリオの膝に頭を寄せていたエメが大丈夫だよと言うように赤い舌を出して手を舐める。

「ありがとう、エメ」

　エメが触れた手、同じようにあの男も舐めるのだろうか。

「なんか恥ずかしい……」

　想像しないことはないのだ。性欲が薄いとはいえ、それなりの欲求はあるし、勃起だってする。

　精通を迎えた時には怖くて泣いてしまい、ルキニ侯爵と婿入り先から呼び出されて飛んで来た兄に慰められた。結果として病気でも何でもないとわかったものの、男の生理現象の仕組みその他を聞いた後は、恥ずかし過ぎてさらに大泣きし部屋に閉じ籠るという出来事もあった。これは「フィリオの初めて事件簿」としてキト家の人々の中の思い出の一頁《ページ》を飾っているが、決して触れてはいけない暗黒史としても扱われている。

仮婚の間は同じ寝床に横になっていたが、特に体が反応することはなかった。ベルを自分を抱く男としてまだ明確に意識していなかったのもあるし、布団の中に潜り込めば抱き着いて甘えて来るベルの世話を焼いたり構ったりしていたせいで、二人の間にそんな雰囲気が入り込む余地がなかったのだ。

ベルの側がどうだったのか知らないが、仮婚の間は性的な接触は駄目だとフィリオもサイデリートも言い聞かせたおかげで何事もなく済んだ。ベルの気質からすれば、それはもう恐ろしいくらいの自制を働かせたのだと今ではよくわかる。

その自制が、今夜箍《たが》を外されて解き放たれる。燃え盛る炎に匹敵する熱も、漲《みなぎ》る力も何もかもが、フィリオ一人の身に注がれるのだ。

馬車が玄関の前につき、降りるとすぐに出迎えのサイデリートが立って待っていた。

「お帰りなさいませ」

「ただいま帰りました。サイデリートさんはお城には行かなかったんですか？　てっきり一緒にいるのだと思ってたんですけど」

「行きましたよ。儀式だけ見て、その後すぐに戻って来ました。お屋敷の方で出迎えるものはいた方がいいでしょう？」

「ありがとうございます。なんだかいろいろとお世話掛けてしまって」

「構いませんよ。王子の傍で我儘を言われ慣れている身にはここは非常に働きやすいですから」

玄関前には煌々と明かりが灯り、屋敷の新しい主の帰還を待っていたかのように光り揺らめいている。

玄関の中に入ると使用人一同がずらりと並び、フィリオを出迎えた。

「フィリオ様、このたびは旦那様とのご結婚おめでとうございます。私ども使用人一同、お二人のために誠心誠意尽くさせていただきます」

代表して一番長く屋敷に勤める男が言い、全員が頭を下げた。

「ありがとうございます。僕の方こそ至らないところもあるかもしれませんが、ベルさんと僕に力を貸してください」

それから全員の顔を上げさせて、笑みを浮かべた。

「よろしくお願いします」

全員が既に顔見知りだが、これからは彼らと共にこの屋敷の住人となり暮らして行くフィリオには、頼もしい先輩たちでもある。

「将軍は遅れて戻られると連絡をいただいておりますので、先にフィリオ様は御準備を」

二日ぶりに見るせいか、見慣れたはずの屋敷の中は普段以上に綺麗に磨かれている気がする。白亜の宮殿風の派手な外見とは反対に、中はいっそ質素なくらいの屋敷に、見える範囲で物が増えた様子はない。仰々しい出迎えや飾りがなく、フィリオは少しほっとした。

「何も変わりありませんか？　たった二日で変わることはないと思いますけど」

前を歩くサイデリートは何てことのないように言う。

「式そのものが急でしたからね。祝いの品が届くとすれば明日以降でしょう。今日のうちに届いた品は全部まとめて二階の空いている部屋に入れています。手の空いた時にでもご覧になってください。部屋だけはたくさんある屋敷なので、置き場所には困りませんよ。貰えるものは貰っておきましょう」

ベル以上にあまり表情を変えないサイデリートに

淡々と言われると、それが一番いい方法のように思えるから不思議だ。

「将軍の指示でフィリオ様の部屋は将軍のすぐ隣に設けさせていただくことになっています」

「ベルさんの隣？　二階じゃなくて？」

「はい。二階は客間や物置にして、一番日当たりのいい場所をフィリオ様の部屋にするのだと仰《おっしゃ》って手配中です」

「……やっぱり僕も毎日ここに通った方がよかったみたいですね……」

ベルの部屋は建物の一番端の突き当たりで、厳密に言えば「隣の部屋」は存在しない。よって、ベルの私室の手前にある部屋——フィリオの記憶では美術品が置かれていた——に内部扉をつけて行き来出来るようにするというのが、施工主であるベルの意見だったという。

長方形だった部屋にもう一つ部屋が加わって鉤型《かぎ》になったというわけだ。

「将軍がご機嫌でお待ちでしたよ。フィリオ様と一緒に選ぶのだと言って、調度品の見本を山のように取り寄せていましたから」

そういう楽しみを与えたおかげで、フィリオがいない間をベルが大人しく過ごせたのだろう。

「そんなにしなくてもいいのに」

「いえ」

部屋の前で立ち止まったサイデリートは、くるりと振り返って言葉通り申し訳なさそうに頭を下げた。

「申し訳ありません」

「？　別にサイデリートさんが謝ることはないですよ？　ベルさんが言い出したんでしょう？」

「将軍はご自分の部屋を一緒に使うと言っていたんですが」

「ですが？」

「――うちの王子が余計なことを言い出しまして」

夫婦といえども一人になりたい時はある。自分だけの空間を持つのは夫婦生活を円満にするための大きな条件だぞ、と言ったらしい。

言っていることは間違ってはいない。自分だけの部屋を持たないよりは持っていた方が、気を抜ける場合があるのは確かだ。

そしてそれは部屋が余っている場合であり、この屋敷の場合は遊ばせているだけの部屋があるのだからそこを使えばいいだけの話だ。

ところがベルは個室を与えることは認めても、遠い場所になるのは嫌がった。その結果が、部屋を繋げることになってしまった。

「遠いっていっても同じ屋敷の中なのに？」

「常に一緒にいたいそうです」

「ベルさんらしいといえばそうなんでしょうね、きっと。でもインベルグ王子が言わなかったらベルさんの部屋に居候する形になっていたと思うので、結果としてはよかったと思います。別にベルさんと一緒にいたくないとかそんなのじゃなくて、二人分の持ち物を置いてせっかくの広い部屋が狭くなるのも嫌だし」

フィリオはさっと両手で扉を押してベルの私室――これからは二人の私室になる部屋に入った。先日第三王子が侵入に使った窓は修繕が施され、壊れた形跡をまったく残していない。

目に見える範囲の家具の配置は特に変化はなく、あるのは南側の壁だった場所に楡《にれ》の木で出来た扉がつけられていたことだ。

「まだ部屋の内装が完成していないので扉は開きません。鍵はついていますが仮の鍵なので、完成次第新しいものに取り換えることになっています。要は、不安の排除ですね」

一本しかない鍵はサイデリートのみが所持している。工事の人間はサイデリートが立ち会わない限り部屋の中に入れない仕組みだ。

「さすが将軍、安全管理が徹底しています」

「いいことなんですか？」

「他のお屋敷でもたまにあるんですよ。完成した家の鍵を別の業者に頼んで取り替えて貰うんです。作業の間に鍵の型を取られたり、紛失したりすることによる余所者《よそ》の無断侵入を防ぐ意味があるのです。お二人の部屋なので将軍の念の入れようが違います」

作業の間はサイデリートや兵士など複数名が必ず現場に立ち会うようにと、きつく言い含められているのだ。

サイデリートがコホンと一つ咳払いする。

「では今夜の説明をさせていただきます」

「――はい」

「と申しましても実はそんなにお話することはないのですがね」

苦笑しながらサイデリートは今夜これからすべきことをゆっくりと教えてくれた。

まず湯殿に赴き、体を清める。次に初夜のための服が用意されているのでそれを身に着けて、寝室で待つ。

「それだけ？」

「はい、それだけです。後のことは将軍にお任せください」

「あ、はい、そうですね……」

閨《ねや》の中でベルに身を委ね、ただ任せればいい。

意味するところは一つしかなく、首から上を赤く染めながらフィリオは何度も頷いた。

「明日は昼前にはこちらに伺う予定です。その時にまたこれからの打ち合わせをしたく思っていますが、よろしいでしょうか？」

「家の切り回しの仕方や資産の運用についてですよね。お願いします」

最後に、

「ご結婚、おめでとうございます」

深々とお辞儀をしてサイデリートは王城内にある第三王子の邸に戻って行った。

そうして一人になったフィリオは、「さて」と呟いた。

「お風呂に入ろう」

帰って来た時刻が時刻だったので、犬や猫たちはもう自分たちの寝床になっている部屋に戻っているのか、静かだ。

「エメはどこに行ったんだろう？」

玄関までは一緒にいた記憶があるのだが、部屋に入る前にはもう姿を消していた。

「ちびたちの様子を見に行ったのかな」

すぐに戻って来るだろうと判断し、フィリオは湯殿に向かった。この時刻ならいつも屋敷の中はしんと寝静まっている頃なのだが、先ほどまで起きていた使用人たちの気配はまだ屋内に残り、敷地内に灯る明かりが夜間の警備についている兵士たちの存在を教えてくれる。

それなのに心細いのはベルが傍にいないからだ。

「早く帰って来ればいいのに……」

式に参列した誰かに引き留められているのかもしれない。それが国王だったら切り上げて帰って来るわけにはいかないだろう。

エメも近くにおらず、一人ぽつんと部屋で待っているよりは何かをしていた方がいい。

初夜に一人で何をやってるんだろうと半分ぼやきながら服を脱ぎ、浴室の入り口を潜ったフィリオは、そこであんぐりと口を開けた。

「なに、この花びら……」

大人が三人は並んで足を伸ばして入れる広さの湯船の中に浮かぶのは、黄色や淡紅色のバラの花びらだ。むせ返るほどのきつい匂いはしないが、バラ独特の香りは浴室に充満し、元から焚《た》かれている香蠟《こうろう》の匂いと交じり合い、独特の甘い香りを漂わせている。

「……誰がこんな贈り物をしてくれたのかなあ」

良識を持つサイデリートでないのは確実だろう。もしも知っていたら一言なり何か言葉があったはずだから、彼がこの花びらのことは何も知らなかったのは間違いない。

森屋敷の湯殿は地下から湧き出る天然の湯から引かれているため、いつでも温かい状態が保たれている。仮婚の間に聞いた使用人の話によると、屋敷が建てられた当時から天然の湯が湧いていたそうで、ベルが住むようになって元のものから現在の形に整えられたらしい。

どちらにしても、沸かす手間が不要なのは屋敷を管理する側にとってはよいことだ。

初夜だからといって特別にする必要はどこにもなく、あるとすれば新しい石鹸《せっけん》や布などを用意するくらいだ。

「インベルグ王子かな、やっぱり」

聖王神殿での式には参列していた王子がフィリオたちよりも先に森屋敷に来れるはずがない。それなら式が始まる前にわざわざここまで来て、サイデリートの目を盗んで花びらを撒《ま》き散らして行ったと考えるのが一番妥当な気がする。

たとえ王子に気づいたとしても、屋敷の使用人が王子のすることを咎《とが》めることは出来ないため、黙殺されてしまう。

「後はベルさん、かな」

手は出さずに口だけ出して、ベルに「新婚の夜はバラ風呂だぞ」とでも言えば、簡単に実行しそうな男。

誰がやったにしろ、入らなければならないのは変わらないのだから、フィリオは何も気にせず湯に体を浸した。

水面をゆらゆらと揺れる花びらは、何もないよりはあった方が気を紛らわせることが出来る。湯船に浸《つ》かって十分に温まった後は念入りに体を磨いた。

実は姉のアグネタに、

「お肌を磨くのを手伝ってあげましょうか？」

と言われたのだが、実の姉に裸体を晒す気になれるはずもなく、きっぱりと断らせて貰った。しかし、アグネタは何もからかうために申し出をしたのではなかった。

「フィリオのことだから調べたかもしれないけど、男同士が体を重ねるにはいろいろ大変だから、自分で出来ることはしなさいよ」

そんな説明を受けていた。

頭や顔や体は普段よりも少し念入りにするとして、それから――。

「――恥ずかしい……」

フィリオは、もう一度体を軽く洗った後、湯船の中にぶくぶくと顎まで浸かってくたびれ果てていた。

男同士の性交で使う場所――肛門《こうもん》の周辺は特に念入りにと姉に言われたからではないが、それなりに綺麗にしたつもりだ。ただそれ以上のことはフィリオには無理で、これが精一杯の準備なのだ。

「のぼせる……上がろう……」

恥ずかしさとこれからのことを想像するだけで顔に熱が上るのに、湯船の中にいつまでも浸かっていれば風呂場で気絶しかねない。

ザバーッと音を立てて上がった時に触れた空気の冷たさが気持ちいい。もしもフィリオがベルのように白い肌をしていたならば、体全体が湯船に散らばる淡紅のバラの花びらのように赤く染まっていたのがよくわかったことだろう。

用意されていたのは前の二カ所だけを紐で結ぶ光沢のある白い絹の寝巻で、肌着の類は一切なし。

「うん、まさに初夜用だよね、これって……」

人様の初夜の様子を根掘り葉掘り訊くような性質ではないから知らなかったが、もしかしてこの寝巻は初夜専用のものとして流通しているのだろうか。

歩き方に気をつけなくては中が見えてしまいそうで、裾を気にしながら歩いている間はこれから迎える夜のことは頭からすっかり抜け落ちていた。

だから、

「あ、ベルさん」

戻った先の部屋に軍服を脱いでいるベルを見つけた時、いきなり羞恥に襲われた。

慌てて前を押さえる自分を変に思わないだろうかと思いながら、ちらりと様子を窺う先のベルは、無表情にじっとこちらを見つめている。

「ベルさん？」

喜んで飛びつくとは思わないまでも、誓約の義式を終えてようやく二人きりになれたのだ。歓《よろこ》びや嬉しさという正の方向の感情を向けられるものと思っていたフィリオにとって、まさかの無反応は浮かれていた気分に水を差されたようなものだ。

（ベルさん、怒ってる？　もしかして機嫌が悪い？）

何と話し掛けていいのか、この場合何をしたらいいのかわからず戸惑うフィリオの前で、ベルはいきなり大きく足を踏み出した。

(怒られるっ!?)

城の中庭で寝起きのベルに押し倒されたことを思い出し、思わず心の中で叫び声を上げて目を瞑ったフィリオだったが、

「――すぐに戻って来る。寝室で待っていろ」

頬に触れた手に見上げると、ベルが真っ直ぐに見下ろしていた。

(あ……ベルさん、欲情してる……?)

青い瞳は変わらない。だが目元は赤く染まり、瞳の中に炎が見えた気がする。

(熱い……熱いよ……)

一度目を合わせてしまったらもう自分から離すことは出来ない。


一瞬なのかそれとももっと長い時間だったのかわからないが、頬をひと撫でしたベルは、部屋の中にフィリオを置いたまま出て行った。

余裕のあるように見えた背中、しかし扉が閉まると同時に聞こえて来たのは駆けるような足音で、固まっていたフィリオはくすっと小さく笑った。

「格好つけなくてもいいのに」

それとも、余裕がない証拠なのだろうか。

寝室で――。

どれくらいでベルが戻って来るのかわからないが、確かに部屋の中で待っているよりは言われた通りに寝室にいた方がまだ落ち着く。

「あ、エメ」

半開きの寝室の中にはエメがいた。長い尾を振るエメは寝台の横に座ってフィリオが来るのを待っている。

「もう寝ちゃったのかと思ってた。ここにいたんだね」

縁に腰掛けて背中の柔らかな毛を撫でていると幾分気分も落ち着いて来た。

「エメ、今日からよろしくね。お屋敷のことではエメの方が先輩だからいろいろ教えてくれると嬉しいな」

わかったと首を動かすエメは文句なしに可愛い。

「僕もベルさんのお世話をするから、少しはエメも楽になると思うよ。どうしてもっていう時にはお願いするかもしれないけど、頑張るね」

エメとベルの関係は家族だという。主従でもなく、飼い主と愛玩動物という立場でもなく、あくまでも対等だ。それを踏まえた上で考察するならば、フィリオを守ってくれるベルは、エメにとって守るべき対象で、その意味ではエメが一番大物なのかもしれない。

ふふふと声に出して笑いながらエメの毛並を堪能していたフィリオだが、

「あ」

耳をピクッと動かしたエメに顔を上げると、いつからいたのか扉にもたれるようにベルが立っていた。

水滴が残る藍色の髪、フィリオと同じように薄手の寝巻の前はかろうじて結ばれているという程度で、体をよく拭かないまま着込んだのがすぐにわかるくらい濡れてぺたりと肌に張り付いている。

寝る時には上半身裸でいることの多いベルを知っているから、裸くらいは何ともないと考えていた少し前の自分の頭に拳骨を落としたいくらいだ。

(見えない方が威力があるってどういうこと……！)

盛り上がった胸筋や腹筋の割れ目までが陰影をつけながら白い布の下に浮き上がって見える。腰から下の部分には——目を向けることは出来なかった。どうなっているのかを見るのが怖かったのもあるが、それがどんな変化を遂げているのかを直視する自信がなかったからだ。

ポタリポタリと落ちる滴《しずく》が顎を伝う男の顔は、普段はそうと意識しないのに野生の獣のように獰猛な笑みを浮かべている。端正な造作だけに凄味と色香が物凄い。

彼の本能のすべてがフィリオを欲していると告げていた。

見つめる二人の間にあるのは甘い雰囲気ではなく、緊張だと後から思い出してもフィリオははっきりと断言出来る。

「エメ」

低く小さな声で呼ばれ、エメがすっと立ち上がった。そのまま出て行くために歩き出したエメは、何を思ったのかふと後ろを振り返り、心細げに伸ばされたフィリオの指先に鼻を押し当てた。

頑張って。

フィリオの不安を感じ取った黒い獣は、最後にチロリと赤い舌で指先を舐め、それから長い尾を揺らしてゆっくりと出て行った。ベルとすれ違う時、顔を上げたのはフィリオのことを頼んだと言っていたのかもしれない。ペシリペシリと二股の尾がそれぞれベルの足を叩いたのは、まるで早く行きなさいと言っているようにも思える。

エメの姿が消えると、すぐにベルは扉を閉めた。バタンという音は意外に大きく室内に響き、得も言われぬ緊張の真っ只中にあるフィリオは泣きたくなってしまう。

「——こっちに来て、ベルさん。髪が濡れたままだよ」

ようやくのことで口から出た言葉は掠《かす》れていたと思う。

しかしながら効果は絶大だった。

座るフィリオから目を離すことなく、今度はゆっくりと歩いて来たベルはフィリオの前で膝をつき、そっと頭を差し出した。

なぜか寝台の横に山積みになっている布を取り上げて頭に乗せ、わしゃわしゃとかき回すように水気を拭う。下を向いているベルの顔が見えないことに少しだけ安堵しながら、フィリオは話し掛けた。

「遅かったですね。何かあったの？」

「――ナイアスとインベルグに引き留められた。それからお前の姉兄にも」

「姉上たちが？」

思い掛けない内容に髪を乾かす手が止まる。

「何か失礼なことを言ったんじゃ……」

「そんなことはない。大体はインベルグと同じようなことを言われた」

「訊くのが怖いけど、訊かないともっと怖そうだから教えてくれますか？　どんなことを喋ったのか」

そこでベルは顔を上げ、笑った。

「優しくしてあげて欲しいとお前の姉と兄は言い、インベルグは俺の思う通りにすればいいと言う。フィリオ、フィリオはどちらが正しいと思う？　俺はどっちの言葉に従えばいい？」

情けないことに天井を仰ぎたくなってしまったフィリオである。ベルがしっかりと見つめているから行動にこそ移さなかったが、気分としては、

（なんてこと言うんですか、みんな！）

である。

性経験のない弟を気遣ってくれという姉や兄の言い分も、ベルに性経験がない――とフィリオは思っ

ている——からこそ本能の赴くままに事を進めるべきだという王子の言い分も、どちらもわかるだけに返答のしようがない。

「あの、僕は何もわからないからベルさんのしたいようにしていいと思います。ただその」

この段階でフィリオの体はすでに寝台に縫い付けられていた。さすが三宝剣、クシアラータの誇る英雄だ。行動は神業のように迅速だ。

柔らかな羽根布団にトサリと横たえられ、真上から見下ろすベルの顔。

「それで?」

「あ、それで、あの、出来れば御手柔《おてやわ》らかにお願い出来れば嬉しいです。今日はまだ無理だけど、そのうち慣れて来ると思うから」

「好きなことをしてもいいのか?」

「はい。痛いことじゃなかったら……」

「それは大丈夫。たぶん痛いことはしないと思う」

たぶんと言っている時点で確約出来ないのは間違いないが、ベルの方は真面目にそう考えている節がある。最終的に一番痛いことまでしなくては初夜の意味はなく、二人共からその意識が消えていることが笑える。

ただフィリオにしてみれば、体を繋げるということに痛みを伴うのは読み漁った書物からも理解していたし、覚悟はしている。どんな痛みかはわからないまでも、絶対に経験したことのない未知の痛みなのは間違いない。

だからそこは受け入れるとして、それ以外で痛かったりきつかったりしないかと心配なのだ。

何しろ、

「痛くないように齧るから大丈夫」

そんなことを平気で言う男なのだから。ウェルナード＝ヒュルケンというフィリオの夫は。

「か、齧っちゃ駄目！」

「どうして？」

「だって痛いでしょ」

「痛くないように噛む。痛痒《いたがゆ》いくらいに歯を立てて齧るのが気持ちいいらしい」

「――それってインベルグ王子？」

「インベルグと何番目か知らない兄王子と弟王子、それにお前の姉のあの煩いのが言っていた」

煩《うるさ》い姉とはアグネタで間違いないだろう。

（姉上……それに王子たちまでなんてことを……）

インベルグ王子だけが下世話なのかと思ったら、他の兄弟まで同じだとは。クシアラータ国民は絶対に王子たちの見た目のよさに騙されている――と思う。

「ちなみにどこを齧るつもり？」

「全部。体中を触って舐めて、フィリオが俺のものだと確かめたい」

「んっ」

予備動作なく下りて来た唇が首元を這《は》い、温かく柔らかな舌がさらりと肌の上を舐めるのがわかった。

その瞬間に背中を走ったのは、紛れもなく快感だったとフィリオは思う。

鳥肌が立つかと思うほどゾクリとし、ついで沸き立ったのは。

（これが肌を重ねるということ）

まだ序盤のうちにも入らないほんの小さな愛撫《あいぶ》さえ、フィリオを翻弄するのだ。これ以上のことをされた時、自分がどんな風になっているのか想像さえつかない。

初めて与えられる他人からの快感に頭がついて行かないフィリオと反対に、一度触れてしまえばもう歯止めが利かないのか、ベルの方は埋《うず》めた顔を退《ど》けようとはしない。

鼻先を埋めるように寄せられた顔は喉から首へ、首から胸へと移動している。気がつけば、結んでいたはずの寝巻きの紐はとっくに解かれ、素肌がそのままベルの濡れた体に触れていることに気づく。

「フィリオ……」

吸い付いていた胸から顔を上げたベルは上半身を起こすと、一度顔を下ろして口づけた。

「ん……」

口づけは初めてではないが、こんなにもベルの熱を感じたことはない。先ほどまで自分の肌の上を這い回っていた舌は、何度も何度も口内を侵食するように動き回り、息も絶え絶えだ。

いやいやと首を振ることでようやく離して貰えたが、既に限界が間近に来ているベルの方は待ったを受け入れるつもりはない。このまま一気にフィリオのすべてを自分のものにする勢いで、寝巻きを取り払った。

膝立ちになったベルはまず自分の寝巻きを威勢よく脱ぎ去り、寝台の下に放り投げた。

（やだ……どうしよう……）

寝転ぶフィリオの目は、天を突くほど反り返ったベルの陰茎を見て大きく見開かれた。白い肌の中でそこだけが色濃いのが妙な興奮を呼び覚ます。

自分のものとは比べるのが失礼なほど黒く太く立派な陰茎だ。これで女を知らないというのだから、宝の持ち腐れだと言う第三王子の主張は間違っていない。

じわりと瞳に涙が浮かんだのは、知らないものを見てしまった怖さのせいではない。ベルが心の底から自分を望んでいる証拠なのだという歓び、あれが欲しいと疼《うず》く体と心が待ち侘《わ》びる悦《よろこ》びが熱となり、それが涙という目に見える形で出て来たに過ぎない。

何の知識もないにも拘らず、本能が求めているのだ。

フィリオがこうなのだから、求めてやまなかった存在を前にするベルが我慢出来るはずがない。

寝巻を脱がされて、覆い被さるようにして胸の先端を舐め、肌触りを確かめるように褐色の肌の上を這い回る大きな手に吐息交じりの声を零しながら、男の髪を梳き、耳を掠めるように撫でながら伝えた。

「――いいよ、もう。ベルさんの好きにして。齧っても、舐めても何をしても僕は怒らない。だって僕もベルさんを欲しいから」

左手を取り、指の先をチロリと舐めて口の中に含む。

フィリオの行動に驚いたのはベルの方だ。まさか大人しいフィリオが自分から何かをするとは思っていなかったという表情で見上げたベルは、すぐに笑った。

唇の端を上げて、獰猛に。

――言質《げんち》は貰った。お前はもう俺の獲物だ。

欲望にぎらついた愛しい男の瞳は、どうしてこうも胸をざわめかせるのだろうか。


荒々しい口づけを何度も何度も受けた。圧《の》し掛かる重みと熱い息、脈打つ胸の鼓動はもうずっと走り続けている。終わらない愛撫、終わらない愛。

ベルは有言実行だった。

いいよと許可を出した途端に向けられた牙は、本人の宣言通りにフィリオの体のあちこちに立てられ、所有の印を幾つも刻みつけた。

口づけの痕よりももっと如実に自分のものだと示す歯型は、フィリオ自身には見えないところにまでつけられている。

体のすべてを見られることへの羞恥を感じていたのは、ほんの最初だけで、今はもう羞恥心より何よりも早くと願うばかりだ。

早く――。

願うのは一体何なのか。

先端をしとどに濡らし震える自らの性器の解放か、それとももっと別の刺激を求めてのことなのか、考察する理性は残っていない。

散々舐められ、舌で転がされ、引っ張られた胸の先端は熟れた果実のように赤く尖り、舐められた上半身は汗や唾液でぬめりを帯びている。

そして、大きく立てて開かれた脚の間にはベルが座り、先ほどからじれったい愛撫を続けているのだ。

掠めるように太腿《ふともも》に指が触れるだけでざわざわと心がざわめく。体を捩《よじ》って逃れたいのに、力強く押さえたベルの腕がそれを許してくれない。

「もうあんまり見ないで……」

視線で肌がチリチリと焼けそうだ。

「どうして？　こんなに綺麗なのに」

「だって」

ベルの瞳はフィリオの下生えに注がれていた。降り積もったばかりの新雪と同じ銀色の髪のフィリオは、陰毛も同様に白が勝る銀色なのだ。丸裸にされて全身をベルの前に晒した時、真っ先にベルが手を伸ばしたのは、実はそこだった。

まるで髪の毛を撫でるようにそこに触れ、指を絡め、今もまた柔らかな感触を楽しむように二つの袋を転がしながら、時々思い出したように毛を引っ張る。

自分とは違う色彩を持つフィリオの体は、ベルにとってはとても珍しいものであると同時に、宝物のような煌《きら》めきを放つものらしい。

外に出ることが多いため若干日に焼けてはいるが、ベルの肌は白く、褐色のフィリオとはまるで違う。

体毛は髪の毛と同じく藍色で、そそり立つ性器の周囲に密集する陰毛に至っては、もう黒に近い。

白い肌に黒い毛。褐色の肌に白銀の毛。

下腹を重ねるように並べてみれば、四色の色がそこに集まっているのが一目瞭然だ。

それよりも、だ。あまり触れられていないにも拘らず、勃《た》ち上がっている性器の方が問題だった。

「俺とは違うんだな」

「そりゃあベルさんのに比べたら小さいですよっ……んんっ……」

顔を出した先端を撫でる指に思わず声が出てしまう。

ベルが触れるたびにピクリピクリと動く先端は、フィリオの意識を裏切ってポタポタと滴を漏らしながら揺れている。

「フィリオはどこもみんな可愛いな」

大きな手のひらに包まれたフィリオのものはそれだけでも十分な刺激なのに、緩く扱《しご》かれてはたまらない。

「も、ベルさん、僕はいいからっ、触ったらだめ……すぐに出ちゃう……っ」

「出したいなら出せばいい。俺が全部見ててやる」

そんな恥ずかしいことさせないで欲しい。

睨んで訴えるも、潤んだ瞳でそうされた方は煽られるだけだ。

「あっ、あっ……やっ、やだベルさんっ」

上下にすり上げるだけだった動きに、先端を撫でる指の動きが重なった。しゅっしゅっと音がしそうなほど巧妙な強弱をつけて与えられる刺激は、自慰の経験も少ないフィリオの放出を容易に促す。

「ベルさ、んっ！」

手だけを激しく動かしながら、ベルの目はずっとフィリオの顔を眺めている。どんな表情の変化も見逃すまいと、自分によって与えられる快楽に悶《もだ》える様を歓びながら。

「ほら、フィリオのここはもっと擦《こす》ってくれと言っている」

「言ってない……っですっ。やあぁっ、だから待って、もう少し待ってってって！」

首を振り、敷布の上で乱れるフィリオを眺めているだけでは飽き足らなくなったのか、手は相変わらず性器に添えたまま、ベルは上半身を重ねて肌の上に唇を滑らせ始めた。

「ううんっ……や、」

肌を摘むように甘噛みされて走る痺《しび》れは、高まりつつある熱と同時に爪の先から頭の先までおかしくさせてしまう。

「僕だけじゃいや……ベルさんも、して」

手を伸ばし、ふっと触れたベルのものは何もしていないにも拘らず、熱く固く脈打っている。思わずごくりと喉が鳴った。

「──これが欲しいか？」

「欲しい。僕ばっかりじゃ寂しいよ。だからベルさんも……ベルさんのお嫁さんにして」

「フィリオ」

掠れた声に名を呼ばれ、手を伸ばして引き寄せた男の耳に囁いた。

「好きにして。ベルさんがしたいように、そして僕にベルさんを感じさせて」

これで、と触れたものがドクンと一回り大きく育つ。

もうどこもかしこもベルに触れられ、舐められている体だ。今宵《こよい》、フィリオはベルの花嫁になる。心も体もすべてを差し出して、喰われて一つになる。

「……辛《つら》くても我慢出来るか？」

「辛くはないよ。痛くてもきっと我慢出来る。だから」

言い終わらないうちに唇が塞がれ、呼吸が出来ないほど激しく濃くかき回された。

ようやく離されて、ぼんやりと唾液に濡れた唇を見つめていたフィリオは、

「わっ」

ころんと布団の上を転がされ、うつ伏せにさせられた。四つん這いで尻を高く差し出した格好に驚く間もなく、太腿の間に入り込んで来た体が逃げようとするフィリオをその場に縫いとめる。

「ここで」

ベルの指が触れたのは、尻の間で慎《つつ》ましく閉じている後ろの穴だ。

「俺を受け入れる」

「……うん」

するりと指が表面を撫で、一度離れた指は次には温かなぬめりを帯びていた。

「なに？　何をつけたの？」

「フィリオが痛くないまじないの薬だ。インベルグから貰った」

「……」

もはや言うべき言葉はないというべきなのか。

潤滑油とベルは言った。書物にも、性別問わず性交で肛門を使う場合には柔らかくするための油やクリームを使うと書かれていたから、フィリオには別

に驚くものではない。

ただ知識として知っているのと、実体験で自分が知るのとは違う。

「……っ！」

最初に感じたのは異物感。五感のすべては穴に集中しているために、何が入ったのかもすぐにわかる。皺を伸ばすようにしてゆっくりと押し広げながら入って来る指は、感じたことのない圧迫感を体の中に感じさせ、羽根枕に顔を埋めたままフィリオは小さく呻《うめ》いた。

「痛いか？」

「痛くはないです。でも、変な感じがします」

「指が二本入るまで我慢してくれ」

本当は三本くらい入れて広げたいところだが、ベルの方が持ちそうにない。


開いた尻の間に覗く赤い穴。蠢《うごめ》く底に埋もれて行く指は、いずれ入る自分の陰茎を思わせ、知らずにぐいぐいと押すようにして入れ込んで行った。

暗い場所では見えにくいが、最初に舐めた時につい歯を立ててしまった痕が尻たぶに残っている。どこもここもベルのものだと印をつけた。

後は体の中にまで自分という存在を刻み付けるだけ。早くしなければ暴発してしまいそうな興奮は、萎えることなく常に上を向いて勃起している陰茎を見るまでもなく明らかだ。

柔らかく熱い内部はどんな風に自分を包み込んでくれるのだろうか？

考えれば考えるほど、早く中へ入りたくてたまらない。

ベルにしては時間を掛けて解《ほぐ》したそこは、赤くうねって誘っている。早くしないと閉じてしまうよと言っているかのように。

「フィリオ」

熱に浮かれた声に名を呼ばれ、切れ切れになる呼吸の中でフィリオは頷いた。

「……て……入れてください、ベルさんを僕の中に」

ぬるりとした柔らかい先端が穴に触れるのを感じた。尻に添えられた手、それからベルが腰を揺するたびに触れる陰毛や肌にぞくぞくする。

恐怖よりも大きな期待に胸を膨らませ、その時を待つフィリオの尻を摑む手にきつく力が込められ、そう感じた途端に突然大きな痛みが走った。

「ッ！」

ぎゅっと枕に押し付けた顔、後ろに感じるのは侵入を果たしたベルの太さであり、熱だった。かは……っと喉の奥から息が押し出される。まるで入ったベルと反対にフィリオの中身が出て行くような感覚だ。

「もう少しで全部入る。我慢してくれ」

「うん……」

ベルの言葉通り、まだ先端しか埋め込まれていないのに、体の内部から押し上げるような圧迫感がたまらない。

ベルのものが内部を進むたびに内臓が押し上げられるような気分を味わいながら、何とか痛みと異物感に耐えていたフィリオだが、

「悪い、フィリオ。もう限界だ……」

苦しげな告白と一緒にグイッと腰を引かれ、「ひっ」と悲鳴を上げた。

ベルの先端を咥《くわ》えている入り口が限界まで引き延ばされるのを感じたと同時に、ゆっくり進んでいたものがいきなり一気に奥まで押し込まれたのだ。

「やっ……！　痛いっ」

「ごめんフィリオ。でも止められない」

痛いというよりも熱かった。

受け入れるフィリオもきついが、ベルの方も初めて侵入者を許した隘路《あいろ》全体で締め付けられて、今まで感じたことのない感覚に戸惑いながらグイグイと腰を押し付けて行く。自分の手で握る時とは違う性器全体を包み込む圧に戸惑いながらも悦びを覚えると同時に、別の刺激が欲しいと雄の本能が囁くのを感じていた。

ベルのものがすべて中に収められると、フィリオの方も幾分落ち着きを取り戻し、まずは呼吸を整えて、言葉を発することが出来るようになった。

「……お腹の中がいっぱいになってるみたい」

抜いて欲しいのか欲しくないのか。

異物感は消えないが、それよりも中にベルがいるという事実の方がフィリオには大事だった。

「さっきまでは俺がフィリオを食べていた。今度はフィリオが俺を食べている」

愉快な喩えにフィリオは喉の奥で笑った。先ほどまで感じていた痛みのせいで、目尻には涙が浮かんでいるが、それも直に乾くだろう。いや、それとももっと泣いてしまうだろうか。

首だけを回して背後を見るという苦しい体勢のせいで二人が繋がっている部分は見えなかったが、下半身にぴたりと重なる自分以外の人の肌の温《ぬく》もりは、本当にベルが全部中に入っていることを嫌でも教えてくれる。

ぐっと腰を突き出すように密着させているベルは、眉を寄せて唇を引き結び険しい表情ではあったが、逆にそれが恍惚《こうこつ》としているように見え、薄い笑みがフィリオの口元に浮かぶ。

「いい？」

「ああ。とても気持ちいい。どうして今まで知らなかったんだろう、こんな気持ちは初めてだ」

声は、自分の中に芽生えた感覚を持て余しているのか、高揚した気分のままに掠れ上擦っている。

だがこれで終わりではない。体は一つに繋がった。もっともっと繋げたいと本能が欲を告げ、体は正直にそれに従おうと動き出す。

「動いていいか？」

「……うん」

そろりと性器が後ろに下がり、それからまた奥を突く。

最初はゆっくりだった動きは、動くことで得られる快感の存在を知ってから速度を増していく。

抜いて、入れて、突いて、引いて。

グイグイとベルのものに内部を擦られ、

「あっ、あっ」

という言葉しかフィリオの口から零れて来ない。

これ以上何を言えというのか。

「フィリオ、フィリオ。俺のフィリオ」

激しさを増す腰の動き、動かないように逃げないように尻と腰を摑むベルの手には力が籠り、手のひらから伝わる熱がフィリオの肌の上から中へと浸透して行く。

最初は痛さと違和感の方が増していたが、奥を穿《うが》つベルの動きに痛みは麻痺《まひ》し、別の感覚がじわりと湧き上がって来た。

もっと欲しい、もっと強く奥まで突いて欲しい
――。

自然にぐっと力が入り、内部がベルを締め付ける。

「くっ」

短い声を発したベルは一瞬動きを止めたが、すぐ

にまた今まで以上に腰の動きを速めた。

「いい？　ベルさん。気持ち、いい？」

「ああ、最高だ。最高に気持ちいい。フィリオは？

フィリオは俺を感じてる？」

熱い吐息が首に掛かり、繋がったままベルが覆い被さって来た。より密着する体勢になったせいで、今までと別の場所を突かれたフィリオは喉をのけ反らしながら、顔の横に置かれた手に指を伸ばし、触れながら言った。

「――うん、いいよ」

痛いともくすぐったいとも違う全然知らない感覚は、体と心の両方に与えられ、簡単に一言で表現できるものではない。

「なんか、ね」

再び動き出したベルの律動を追いながら、フィリオは止まりそうになる息の間から自分が感じているものを何とか伝えようと言葉を紡いだ。

「熱くて、変なの。触ってないんだけど、ベルさんがわかる、んだ。嬉しいって、言ってる。気持ち、いいって、言ってる」

「その通りだ。嬉しくて、気持ちよくてたまらない。でも」

力強くグイッと奥まで突かれ、フィリオは声にならない声を上げた。

「もっと他にも感じないか？」

ぐっぐっと角度を変えて押し上げるベルは、答えを聞くまで許さないぞと言っている。

「もっと俺を感じて」

「んんっ、あの、ね、ベルさんはね」

抽挿が激しくなり、肌のぶつかり合う音がパシパシと耳の中に木霊する。自分の呼吸の音なのか、それとも内側から響く音なのか、頭の中が霞《かすみ》掛かったようにぼんやりとし、思考力などまったく残っていないのに、自然に口から零れた言葉がある。

「好き……っ、ベルさんが好きっ……ベルさんも僕を好きだって……言ってっ」

「好きだ、フィリオ。俺だけのフィリオ」

これ以上どこの高みまで連れて行こうというのか。獣のように激しく腰を打ち付けながら、うわ言のように何度も何度も好きだと囁くベル。

「フィリオ、フィリオ」

体も心も溶けて溶けて――。

「……くっ」

堪《こら》えきれず、低く呟くような声が漏れ、そうしてフィリオは体の中にベルの熱い迸《ほとばし》りを受けた。

受け止めた瞬間から体の中にじわりと沁《し》み広がって行く。

ポタリと背中に落ちて来たのはベルの汗だろうか……?

朦朧《もうろう》とした意識の中でそんなことを思いながらフィリオは、腹の下に感じる濡れた感触から自分もまた精を放っていたことに気づいた。

(僕も一緒……)

不意に背中に温もりが触れ、繋がったまま覆い被さるベルがいた。

「――幸せだ」

前に回された腕に引かれるようにしてくるりと向かい合わせに抱き込まれる。

「ん」

するりと抜け出て行ったものの意外な喪失感に驚きながら、今度は自分が包み込むのでなくベルに包まれて、まだ鼓動の速い胸に頭を押し当てた。

「――なんだかね、凄かった」

「辛くなかったか?」

「大丈夫。最初はきつかったけど、もうそんなことどうでもよくなっちゃった」

「これでフィリオは本物の俺の嫁だ」

「はい」

「幸せ？」

「ベルさんと——ウェルナードと同じくらい幸せ」

笑い声と一緒に息が降りて来て、フィリオは自然と瞼を閉じてベルの唇を受け止めた。

最中に交わしたような激しさはなく、触れたり啄《ついば》んだりと緩く温かく、じゃれ付くようにして二人は互いの体に腕を回して抱き合った。

触れ合いじゃれ合っているうちに、再び熱が灯るのは自然な流れだ。

「はあ……はぁっ……」

「いいか？」

「いい、気持ちいい」

甘えたがりで独占欲が強いフィリオの夫。

背後からだった最初の時と違い、今度は前から挑まれた。

大きく開かれた脚の間から赤黒いベルの陰茎が出入りするのが目に入る。入れる前に見たものよりも太く大きく、そんなものが自分の中を縦横無尽に暴れ回ってかき回しているのだ。

見事な雄の徴《しるし》を見せつけるように、ベルは何度も何度も腰を打ち付けた。腹の上で揺れるフィリオの性器にまで愛撫の手を施され、もう何度精を放っただろう。

ベルの方は二回目は早く達したが、フィリオにとって悔しいことに、三度目になるとコツを掴んだのか緩急をつけながら動くという技を身に着け、余計にフィリオを振り回した。

困惑と歓喜の甘い声が間断なく寝室に響き渡り、

フィリオは翻弄されてばかり。

軍人とそうでないものとの体力の差か、回をこなすごとにベルの動きはより巧みになり、自分の快感を得ると同時に、手や唇を使って下半身以外への愛撫も取り入れるなどフィリオにも同じ快感を与えようと労《いたわ》る余裕まで見えている。

奥を擦ったかと思うと、今度は入り口にまで戻って笠《かさ》の部分だけで出入りし、微妙な刺激を繰り返す。一度全部抜いたと思えば、次には横抱きに抱えて挿入したりと、新しく知った世界を探求する男の好奇心と性欲は留まるところを知らない。

「も……だめ……お願い、もう……」

さすがに五回目にもなると達するまでに時間が掛かるようになったが、

「うっ……」

呻き声を上げたベルが倒れ込んで来て、終わりを告げた。

「……お疲れ様」

本当に疲れたのはむしろフィリオの方なのだが、体力は底なしだと思われた男がぐったりと倒れ込んで来て息も絶え絶えなのを見ると、つい手が伸びて甘やかしたくなる。

倒れ込んで来たまま無意識にフィリオの胸を触っているベルだが、それ以上は何もしないのは達成感に満ち溢《あふ》れた表情が物語っていた。

大好きなフィリオのすべてを手に入れた、と。

「――生まれて来てよかった。この国に来てよかった」

そしてフィリオに会えてよかった――と。

汗で濡れた髪を撫でながら、喘《あえ》ぎ過ぎて掠れた声でフィリオは優しく言った。

「これからよろしくお願いしますね、旦那様」

身動き出来ないほどの抱擁と口づけが応えだった。

2-4

初夜の翌日に人と顔を合わせることに恥ずかしさを覚えながらフィリオは、午後一番に訪れたキャメロンと二人、森屋敷の日当たりのよい居間で向かい合ってお茶を飲んでいた。ベルはこの場にはいない。今朝、まだ夜が明けきらないうちに国境沿いの南部へ出撃するために、馬に乗って屋敷を後にした。新妻のフィリオを置いて。

今朝のことだ。

「——フィリオ、フィリオ」

昨夜というよりも未明まで快楽に身を委ねていたフィリオが、自分を呼ぶ声に重い瞼を押し上げると、上から覗き込むベルがいた。

「ベル……さん？」

眠る前にしっかりと腕の中にフィリオを抱き込んでいた男はふっと小さく笑った。消したはずのランプの明かりは光量を絞って灯され、薄暗く部屋の中を照らしている。陰影が壁に延び、まだ外は暗いことを教えてくれる。

ぼんやりと見上げているうちに意識もはっきりとして来る。

「まだ寝てていいんでしょう？」

「ああ。フィリオはまだ眠っていていい」

「——ベルさんは？」

その時になってやっとフィリオは、ベルが軍服を着ていることに気がついた。

思わず起き上がろうと力を入れ、

「——ッ！」

体中に走った痛みに悲鳴を上げ、再び仰向《あおむ》けに倒れ込んでしまった。

（痛い……）

体の節々は元より、ベルを受け入れた下半身を中心に鈍痛が広がり、いつものような動きが出来ない。

それでもゆっくり起き上がろうとするフィリオを見兼ねたのか、ベルが腕を回して起こしてくれた。背中に羽根枕を二つおけば姿勢も楽になり、フィリオは寝台の縁に座るベルの袖を引いた。

「何かあったんですか？　休暇を取るって言ってなかったですか？」

「そのつもりだったが、延期になった。南まで出向かなければならなくなった」

「急ぎですか？」

「ああ」

「——戦、ですか？」

「そうだ。剣を交えるかどうかは行ってみなければわからない」

戦——。

喉の奥でヒュッと息が鳴り、知らず袖を握る指に力が入る。

「戦って……戦って……ベルさん」

ベルは黙ってフィリオの手に自分の手を重ねた。

それから初夜がまだ明けてもいないのに屋敷に一人残されるフィリオのために、ベルは軍を派兵するに至った経緯を簡単に説明してくれた。

「隣の国の斥候が目撃されたと、西と南の領主からそれぞれ急使がやって来た。斥候だけでなく、野営の跡や軍馬が踏み荒らした場所も発見されて、軍を出すことが決まったのが昨日の夜」

「昨日の夜？　それってじゃあ式の後ですか？　それとも前？」

「急使が来たのは式の前。俺が知ったのは式の後。

――フィリオ、そんな顔をするな」

顔が歪《ゆが》んだのが自分でもわかる。

添えられた手は昨日の夜散々フィリオの体を撫で回し、あらゆるところに触れたものだ。その手の温もりはまだ変わらないのに、遠くに行こうとしている――夫。

「父上や国王陛下は知っていたんですか？」

「ルキニ侯爵は知らない。国王と副王、それにインベルグ、俺の部下たちは知っていた。他はまだ知らないはずだ」

昨夜のうちに非番の兵士含めて全員に王城へ召集を掛け、間もなくの出軍に向けて準備をしていたと言うのだ。

「俺は初夜だけは済ませて来いと言われていた。せっかく夫婦になったのに夜を一人にさせては失格だと」

「インベルグ王子ですね」

フィリオは苦笑した。余計なことばかりを言う第三王子だが、今ばかりは感謝の気持ちでいっぱいだ。もしも式を挙げる前に中止になれば、もしも式を挙げた直後に軍を率いて出て行けば、フィリオは初めての夜を不安でたまらない気持ちを抱いて過ごすことになっただろう。

体を重ねたことで名実共にウェルナード＝ヒュルケンの妻になった。痛みもあったが、それよりも幸せをもたらす行為だった。潰されるかと思うほど激しく、何度も何度も精を受け抱かれたことで、伴侶としての自覚と自信が生まれた。

軍を出すことが決まっていたのなら、執拗《しつよう》なベルの行為も納得出来るものだ。フィリオよりもベルの方がやり場のない怒りと憤りを抱いていたはずなのだ。

実際に、もう屋敷を出るだけの準備が整っている今もベルは言う。

「本当は行きたくない。ずっとフィリオを抱いて眠っていたい」

さらりと頬を撫でる手に、フィリオは瞼を閉じた。

「でも俺自身がそれを許さない。敵がいるのならそこで食い止める。城には一歩も近づけさせない。フィリオのいるこの国を守ることが俺の仕事だ」

「ウェルナード……」

目を開けて見つめる先のベルの瞳は雄弁だ。守ると言った時に走ったのは、稲妻のような青い光。平穏を邪魔するものは許さない、そう語っている。

フィリオは腕を伸ばし、痛む体を堪えてベルに抱き着いた。

「僕も行って欲しくないです」

「フィリオ」

「だって戦になったら怪我するかもしれないし、それに――」

俯いたフィリオは、しかし顔を上げるとはっきりとベルの目を見つめながら言った。

「でも行かなかったら困る人もいる。僕はヒュルケン家の嫁です。同時にウェルナード＝ヒュルケン将軍の妻でもある。だから言わなくちゃいけない。行ってください、ウェルナード。あなたの帰りを待っているから」

「フィリオ……」

抱き締める腕の中の温かさを逃したくない思いは強い。このままずっと二人で部屋に閉じ籠っていられればどんなに幸せなことだろう。

このまま時間が止まればいいのに――。

どちらからともなく顔を寄せ、唇を重ね、どちらからともなく離した。

外套《がいとう》を肩に掛け、手袋を嵌めながらベルは言う。

「――長引かせることはない。すぐに終わらせて帰って来る。フィリオのいるここに」

「はい。待ってます」

それしか言えない。それが求められている言葉。

まだ目覚めるには早い時刻にも拘らず、屋敷の内外でざわめきが聞こえる。馬の蹄《ひづめ》や馬車の音、抑えているのか低く言葉を交わす声。

このまま一度城に上がり、第三王子とベルが共に三軍を率いて出撃することになっている。屋敷にいる兵士はそのまま警護に残し、二軍を残してすべてを率いて行くという。

フィリオを起こす前にベルは自分の手で準備を終えていた。薬や肌着に着替えや衛生品、食料は軍の兵糧部隊が用意するため、個人で用意する必要はない。衣装部屋の奥に置かれていた甲冑《かっちゅう》は、馬車に積み込んでしまった後だ。

「何もお手伝い出来なくてごめんなさい」

「特別な用意はいらない。気にするな。一人で用意するのに慣れている」

武具のほとんどは軍務庁から持ち込まれるので、自宅から持って行くものはあまりないとベルは言う。

「そうなんだ。でも今度からは僕も手伝います。旦那様が仕事に行くのにお手伝いしないなんて嫁失格だから」

わざと明るく話すフィリオの不安はベルにはしっかりと伝わっていたが、気づかないふりをする。

「その時になったら頼む」

「任せてください」

名残惜しく話している二人だが、出立の時は迫っている。

控え目に扉を叩く音がして、

「将軍」

と呼ぶ声がする。

ちらっと扉の向こうへ視線を向けたベルは、もう一度フィリオに触れてすっと背筋を伸ばし立ち上がった。

「見送りはここでいい。フィリオはまだ寝ていろ」

「はい。——行ってらっしゃい、ウェルナード。無事のお帰りをお待ちしています」

武勲を祈るという軍人にありきたりな言葉はいらない。武勲を願うよりも、肉体を伴って帰って来てくれることこそが望みなのだ。

「エメには後から来るように言ってある。部下は置いて行くが、留守中、何かあれば侯爵や王子を頼れ」

「はい」

「留守を頼んだ」

一瞬だけ触れた唇が熱い。


ベルは振り返らなかった。扉の向こうに消えて行く背中に、フィリオは黙って頭を下げて見送った。

(無事で……無事で帰って来てください、ベルさん)


そのまま眠ることも出来ず、かといって屋敷の中を歩き回るにはまだ体が本調子ではない。却《かえ》って使用人たちに心配を掛けてしまうのも本意ではなく、気怠《けだる》い体が求めるままにフィリオは一人きりの部屋の中でゆっくりと休むことにした。

朝になって屋敷の中が動き出すと、昨日のうちにベルに言い含められていたという料理人のパリッシユが、消化吸収によい温かい粥《かゆ》を持って来てくれた。それをちびりちびりと食べ終え、少し体が動くようになると居間に場所を移した。気遣うように寄り添うエメやエメが連れて来た仔犬の毛繕いをして過ごしていたところに、来客の報せ。

元々来る予定だったサイデリートはわかるとして、昨日言葉を交わしたばかりの第一王女夫殿下の来訪には驚かされたが、祝いの品を持って来たと気さくな笑顔で申し出られれば自然に笑みも浮かんで来る。

サイデリートの訪問はフィリオにとっても都合がよかった。

明け方のうちにひっそりと出て行った軍隊のことを知っているものの方が少ないのか、それとも内密に事が運ばれているのかわからないが、少なくとも多くの貴族たちが気づいていないのは、午後になって次々に祝いの品を携えた各家の代理のものたちが森屋敷を訪れたことで判明した。あわよくばこれを機会に侯爵家と縁続きになったヒュルケン将軍と誼《よしみ》を結ぼうとする意図が見えている。

そんな彼らの応対を動けないフィリオが出来るはずもなく、サイデリートと手の空いている使用人たちが揃って対応に当たってくれたのだ。

貰った品物の目録だけが先に主人の手に渡り、誰某《それ》から何を貰ったということを頭の中に叩き込む。品が気に入れば実際に手元に置けばいいし、そうでない場合には寄附をするなり売り払うなり、受け取り側の好きにしていい。気に入って貰えれば嬉しいが、そうでない場合も想定されているため無難なものが多いのが特徴だ。

そうやってなんとかやり繰りしつつ、現在フィリオが相手をしているのは、身分が高いどころではない相手。次期国王の夫のキャメロンだ。

ベルと同じ白い肌をしたキャメロンは、まだ固い表情のフィリオを見て微笑んだ。

「ウェルナードが見ればきっと妬くだろうな。自分を差し置いて二人きりでお茶を飲むなんて許せないだろうから」

親しげに名を呼び、性格までもよく知っているというキャメロンの口ぶりに、フィリオは首を傾げた。

「殿下はベルさん――ウェルナードのことをよく御存知なんですか？」

「あれ、ウェルナードから聞いていない？」

「はい。――あの、殿下とお知り合いだと知ったのもつい最近のことなので」

知っているものと考えていたらしいキャメロンに申し訳ないながら正直に告げると、気分を害するかもとの予想に反し、「あはは」と声を出して笑った。

「さすがウェルナード！　そうだろうなと思っていたけど、やっぱりその通りだった。いや、フィリオ、君が悪いんじゃないぞ。あいつは関係ない余計なことは口にしない男だから、私が関わらなかったら一生君の前で言わなかった可能性だってある」

笑い上戸なのか、キャメロンはひとしきり笑い続け、垂れた目尻に浮かんだ涙を指で拭きながらフィリオに告白した。

「私とウェルナードは乳兄弟なんだ」

「え……」

お茶のカップを持っていたフィリオの手が止まる。

「乳兄弟、なんですか？」

「そう。といっても私とウェルナードは九つ年が離れているから同じ時に乳を吸っていたわけではないけれどね。同じ乳母から乳を与えられていたのは本当だ。だから乳兄弟」

フィリオは頭の中でキャメロンの台詞をゆっくり反芻《はんすう》した。

このシス国の王子と乳兄弟なのは真実なのだろう。こんなことで嘘をつく必要も理由もない。では何が引っかかったかというと、「同じ乳母」という言葉だ。

普通、乳兄弟という言葉を使う時にまず連想されるのは、乳母の子供と高貴な人の子供という図式だ。身近なところに例を求めれば、第三王子とサイデリートがこれに当たる。サイデリートの生母が第三王子に乳を与えていたからだ。

しかし、キャメロンの口ぶりでは、ベルは乳母の子供ではないように聞こえる。ベルの母親とシス国王妃が同じ女に共に赤ん坊を預けたと考えることも出来るが、そうなるとベルが以前言っていた「エメは俺の養い親」という台詞が引っかかる。

どういうことなのだろうか。

知らないうちに眉を寄せていたフィリオは、

「そこから説明した方がよさそうだね」

キャメロンの言葉にはっと顔を上げた。

白い肌に薄い茶色の目と髪。ベルと同じシス国出身の王子は、ゆっくりと椅子に背を預け、膝の上で手を組んだ。

「言ってしまえば簡単なことなんだ。獣が連れて来た赤ん坊を伯父が拾い、乳母をつけてくれるよう両親にお願いした。その結果、痩せこけた赤ん坊は生き長らえて、名のある武人にまで成長した」

「それが、ベルさんなんですね」

然《しか》り。キャメロンは頷き、開け放たれた窓からのそりと入って来た黒い獣に顔を綻ばせた。

「やあエメ！　今日も美しいね。今ちょうど君のことをフィリオに話していたところなんだよ」

おいでおいでと呼ばれるまま傍にやって来たエメの毛を、キャメロンは至福の表情でかき回した。

「いいなあ、この毛並に毛艶。まさに黒い宝石だ。気が向いた時にでも城に遊びにおいで。私も妻もお前が来るのを楽しみにしているんだよ」

撫で回されるに任せていたエメは、手が離れて行ったのを幸いとフィリオの傍に行き足元に寝そべった。

「つれないのも相変わらずだ」

エメの方はもう完全に無視を決め込んで眠りの体勢に入っている。

「話が逸れてしまったね。君はウェルナードの家族の話を聞いたことがあるかい？」

「いえ。ただエメが家族だと、それだけです」

「それも間違いではない。戦場に落ちていた赤ん坊を拾って養ったのは、このエメなんだ」

「戦場……で拾われた？」

「そう、ウェルナードは孤児だ。恥ずかしい話、シス国では二十年くらい前まで内紛が起きていて、地方の村が戦火に巻き込まれることも少なくなかった」

偶々《たまたま》なのか、それとも最初からずっと見ていたのか。

部族と部族の対立は二つの村を壊滅させ、ほとんどの村人が死に絶えた。その屍《しかばね》が転がる中にベルはいたという。

「鎮圧軍の指揮を執って現地に赴いていた伯父から当時の話を聞く限り、相当に酷い有様だったらしい」

暫《しばら》くの間後始末に掛かり切りになっていた伯父の天幕に、獣が訪れたのは現場の処理を任されて三日後の夜だった。城に送る報告書をまとめていた伯父はいきなりふらりとやって来た獣に剣を取るが、すぐに仰向けに押さえ付けられた。胸の上に乗る黒い毛に覆われた太い前脚、真っ直ぐに見下ろす青い瞳には嫌悪や攻撃性は認められなかったが、友好的な光も持っていない。

餌を漁りに来たわけではないのは、艶々とした獣の毛並からすぐにわかった。では、縄張りを荒らす人間を牽制《けんせい》するために来たのかとも思ったが、そうではないと気づく。剣から手を離して騒ぐ気配のない伯父を暫く見つめた後、獣が天幕の入り口に置いてあった包みを咥え、伯父に差し出したからだ。

黒い布に包まれたそれが最初は何かわからなかった。

腕に掛かる重み、そして開いて見ろと言いたげな獣の眼差《まなざ》しに促されるまま布を解いた伯父は、再び驚きに目を見開いた。

「それがベルさん……」

「そう。黒い布に包《くる》まれて眠っていたのは赤子。ただし栄養状態は頗《すこぶ》る悪く、生命の危険はないものの決して褒められた状態ではなかったらしい」

最初は魔物の子かと思ったが、随行していた医者は普通の人間の子供だと断言した。

「伯父は本当に驚いたそうだ。赤ん坊がいたこともだが、その時には大きな犬としか思っていなかった獣がそれをわざわざ連れて来たことに」

軍団長を任されている伯父は頭の回転も速く、すぐに悟った。

食らうでもなく、放置するでもなく、一軍の中で最も位が高い男の元へ連れて来た。獣の意図は明白だ。この赤ん坊を助けろ、しかない。

医者と看護師をつけ、とりあえず世話をする女を近くの村から連れて来た。乳の出る女は生憎いなかったから重湯やヤギの乳を布に浸して飲ませて栄養を補った。その間獣は片時も赤ん坊の傍を離れることはなかった。最初は調達してきた揺り籠の中に寝させていたのだが、獣が傍にいないと赤ん坊は泣き続け、結果として柔らかな敷物の上に赤ん坊と獣が寄り添うように眠り、或《ある》いは遊ぶ姿が天幕の中で見られるようになった。

引き取り手を探すことも考えたが、紛争の火種がくすぶる中では引き取るだけの余裕のある夫婦はおらず、せっかく助けた命が散らされてしまうのはしのびないと思った伯父は仕方なく帰還の途につく時に、赤ん坊も一緒に連れて戻ることを決めた。当然、獣も一緒だ。

天気の良い日には獣の背中の袋の中ですやすやと眠る赤ん坊の姿が見られ、時には軍団長の腕の中で抱かれてご機嫌な赤ん坊の姿もあった。

そうしていれば情も湧いて来るというものだ。

城に連れ帰った伯父はすぐに乳母を手配し、それから自分の養子として育てることを決めた。

「だから血の繋がりはないけど、ウェルナードは私の従弟《いとこ》でもあるんだ。伯父にはもう成人して家を出ていた娘と息子がいて、伯母も特に養子に迎えることに反対はしなかったらしい」

「じゃあ、ヒュルケンというのは」

「伯父の姓だ。王位継承権を返上した時に、システリアという王の一族が持つ姓も返上している。だからこそ、ウェルナードを養子に迎えることに反対の声が上がらなかったとも言うんだけどね」

成長すると必然的にキャメロンとも交友を持ち、養い親から素養を見出《みいだ》されて剣術を学ぶようになってからはめきめきと腕を上げ、実力をつけていった。

「断っておくけど、ウェルナードのあの性格は最初からだよ。私たち兄弟も従兄弟たちも皆ウェルナードを可愛がって構っていたんだけど、結局懐くことはなかった。まだ諦めないけどね」

ベルは本能で知っていたのだろうと、キャメロンは言う。自分を拾ってくれた獣こそが何のしがらみも思惑もなく傍にいてくれる唯一の存在なのだと。

エメと名付けたその獣が幻獣フェンだと知られて

からも、二人の関係は変わることなくずっと今でも続いている。

「今朝ここに来る前に、国元にいる伯父にウェルナードが結婚したことを文書にして送ったから、そのうち贈り物が届けられるかもしれないぞ。もしかしたら隠居して暇になった伯父が観光がてらやって来るかもしれない」

「心積もりしておきます」

神妙にフィリオは頷いた。今もシス国の王族の関係者と言われてもピンと来ないのは、ベルの中に王族という括《くく》りがまるで存在しないからだろう。

「私や父国王や兄弟姉妹全員の方では伯父夫婦が迎え入れた時から家族だと思っているんだけど、あの子の中での比重は高くなさそうだ」

「そんなことないと思いますよ。殿下のことだって、言わないだけでちゃんとベルさんわかってると思います」

ぶっきらぼうではあったが、キャメロンのことを話す口ぶりは思い返せば照れ隠しのような気もする。

「とにかくそういうことだから、ウェルナードのことで相談や悩みがあるなら私のところに直接言いに来ていいよと言いたかったんだ。ルキニ侯爵のように出来た人間ではないから力不足は否めないが、少なくともインベルグ王子やナイアス隊長のようにあれに対等に口を利くことが出来ると自負はしている。いざとなったら殴りつけることくらいはやるよ、私も」

キャメロンは自分の二の腕をぽんと叩いたが、どちらかというと優男風のキャメロンがそんなことをしても似合わない。本気で殴り合う前にベルに簡単に投げ飛ばされるような気がする。武器を持たない体術だけの純粋な殴り合いをベルと出来るのは、第三王子くらいだろう。

それでも、そう言ってくれたことが嬉しかった。

「はい。そうならないように僕も努めるつもりですけど、そんな時がもしもあったら伺いますね」

もしも喧嘩をしても駆け込む先が幾つもあると知れば、ベルはきっと情けなく眉を下げるか、不機嫌に口を曲げるか、どちらかの表情を見せるだろう。実家に兄の婿入り先に、妹の婚約者の家、祖父に従兄に、王女殿下のところ、それにもしかしたらインベルグも楽しく匿《かくま》ってくれるかもしれない。

喧嘩をしないのが一番いいのに違いはないけれども。

キャメロンはフィリオの知りたかったことを——主にベルの幼い頃の話を身振りを交えて面白おかしく語ってくれた。

今でもふてぶてしいベルは小さな頃も同様だったが、子供の頃には体格差や成長の差もあり、泣かされることも喧嘩で負けることもあった。決して泣くもんかと唇を噛み締めて、頬に涙の痕があるのに「泣いてない」と言い張ったり、叱られてふてくされ家出をしたことが何度もあり、その都度エメに発見されて連れ戻されたりと話題は尽きない。

エメが赤ん坊を拾ったのは、餌にするつもりは最初からなく、黒い布で包まれていたことから獣の子供と勘違いしたのだろうと大方の人は考えているらしい。

ベルが拾われた場所は二つの部族二つの村のちょうど真ん中で、広大な森が広がり、様々な動物が生息していた。まさか幻獣がいるとは知らなかったと現地の猟師や樵《きこり》が口を揃えて言うことから、たまたま通りかかっただけなのかもしれない。

真実はエメにしかわからないが、エメが語ることはない。

　黒い獣が赤ん坊を見つけた。

　その出会いだけが真実だ。

　キャメロンと話しているうちにフィリオの体調も大分よくなり、目覚めた時の怠さはいつの間にか薄くなっていた。だが、何度もベルに挑まれた体の節節は未だに悲鳴を上げ、下半身にはまだ鈍痛がある。

　キャメロンは、夕方になる前に城に戻ると言って森屋敷を辞した。

「今日は楽しかった。ウェルナードをよろしく頼む」

「はい」

「落ち着いたら茶会にお呼びしよう。勿論、ウェルナードの勤務中に内緒で」

　悪戯《いたずら》っぽく笑うキャメロンにフィリオは笑顔で頷いた。

　沈んでいた気分はいつの間にか浮上していた。

2－5

クシアラータ国は地図で見ると東西南北が出っ張った歪《いびつ》な菱形《ひしがた》をしている。今回の派兵はベルが南のアトス領へ、第三王子インベルグが平原を一つ越えた西のレオナルド領へと振り分けられた。軍の配分は将軍であるベルと国軍副総裁のインベルグで話し合って決めたものだ。ちなみに国軍総帥は国王がその地位を兼ねる。将軍と副総裁、どちらが軍務に関して支配権を持っているかというと将軍に比重が傾く。国軍副総裁という肩書は、あくまでも王家のものに与えられる身分であり、傑出した武人が出て来ない限りはお飾り的な立場になることが多いからだ。

当代に限っては、幸いなことに三宝剣と呼ばれるほど武芸に秀でた第三王子がこの地位に就き、今のところは将軍と衝突することなく軍事力の水準を引き上げるのに一役買っている。

派兵は、ベルとインベルグの双方が同意し、国王の許可の元に編成された大軍を率いてのことになった。国軍は大きく分けて八つの軍で編成されており、所属する兵士の数は、国内総数でおよそ二十万人。首都に常駐する兵士だけでも十万を超える。

その十万のうち、三軍四万の兵が今回の派兵に同行している。

派兵については異論がなかったベルと王子の意見が対立したのは人数で、一軍一万でいいというインベルグに対して、ベルは全軍を率いて行くべきだと主張し譲らなかったのだ。

国王と聖王親衛隊長が間に入り、王都近隣のために全軍は無理だから半分程度で折り合いをつけたが、斥候の姿が見えた程度で普段はこんなに多くの兵を派遣はしない。

「なんでそんなに大人数が必要なんだよ。現地には領主の私設軍だっているだろうに、連中に働かせればいいじゃねえか」

　敵が攻めて来た、ではなく、あくまでもまだ様子見の段階なのだ。大軍を国境の傍に置いて敵を刺激することになりかねないと危惧する王子だが、ベルは正反対のことを考えていた。

「仕掛けてくる気になれないくらいの人数を揃えていれば、敵のやる気も削《そ》げる。猶予を与えないで叩き潰す。これが一番早くて確実だ。それに現地の兵は当てにならない」

「おいおい。それは何か？　領主の兵が役立たずだって言いたいのか？」

「違う。味方じゃないかもしれないから信用するなということだ」

「おい待て、どういうことだ？　お前、何を知ってるんだ？」

「何も知らない。ただの勘だ」

「勘で派兵する人数を決めるな」

「少なければ、手遅れの場合に被害が大きくなる。おびき寄せるのが目的なら、相手の戦意を喪失させるのが一番だとさっきも言った」

「つまり何か？　お前は自分の命が狙われているかもしれないところにわざわざ出向いて、それで襲われた時には問答無用で潰すつもりなんだな？　そうなんだろう？」

「その可能性があると言っているだけで、そうなると決まったわけじゃない。ただ」

「ただ、なんだ」

「南と西の領主は二人とも目つきが悪かった」

「おい……」

　目つきの悪さで疑われるのなら自分は真っ先に排

除されるんじゃないのかと、自虐的なことをつい思い浮かべてしまったインベルグは、

「向こうは気づいていないかもしれないが、城で会った時にはいつも俺を睨んでいる。ついでに言えば、この間の貴族の邸《やしき》にも頻繁に出入りしていた」

「この間の……？」

「腕」

「ああ、あいつらか」

ベルの屋敷に火を放ち、腕を切り落とされた伯爵だ。

「それはどこ情報だ？」

「エメだ。エメが知っていた」

「――ヒュルケン、お前はいつから獣の言葉がわかるようになったんだ？　それともエメが人の言葉を話すってか？」

ベルは黙って上着のポケットに手を入れると、インベルグの手のひらにポトンと釦《ボタン》を一つ落とした。

「屋敷に落ちてた」

「あ？　こりゃァ、櫛《くし》の絵だな。アトスの紋か。なるほど」

ベルを将軍職から引きずり落とすという同じ目的を持つもの同士、うまく行かない場合に備えて次の手を考えていたのだろう。

最初の襲撃が失敗した。伝令鳥を飛ばせばアトス領までは一日でつく。失敗を知ってすぐに国境界隈《かいわい》の工作に走れば十分に間に合う。同日に工作、早馬を走らせて軍を呼び込む。南だけ、西だけなら軍を率いて出て来るのは将軍か第三王子かわからない。だからどちらが出て来ても、どちらでも襲撃出来るように二カ所に分けたのは狡猾ではあるのだろう。

まさか領主の私設軍の数倍にも匹敵する人数を連れて来るとは考えてもいないに違いない。

「派兵の規模を知ったら腰を抜かすだろうな」

「だから多い方がいいと言った」

「なるほど。なら、現地では敵がいればぶっ潰すという方向で構わないな」

「当然だ」

敵。それは敵国の軍に限らない。自分たちに牙を向くものは、同じ国のものでも敵に違いないのだから。

そうして軍を率いて行くこと二日、思っていたよりも半日早くベルはアトスの城を見下ろす丘の上に立ち、うっすらと笑みを浮かべた。

「馬鹿が余計なことをしようとするからこうなる」

眼下には本物の「敵軍」に囲まれて応戦するアトス軍の姿があった。偽りでなく正真正銘、血を流す戦いが繰り広げられている。敵兵の数は目算でおよそ五千人。対してアトス軍は三千人少々。

「どうするか」

このまま見殺しにするか、それとも敵軍を追い払うか。

追い払って助けた後、自分が狙われては助けた意味がなくなる。助けたはずのアトス軍を今度は自分の手で潰さなくてはならなくなってしまうのは手間でもある。

負ける心配はまるでしていない。するのは、いかに効率的に早く相手を撤退させるか、降伏させるか。

馬上で腕組みし、難しい顔で考えていたベルは、

「将軍に面会したい方がいらしてます」

二人いる副将軍のうちの一人から耳打ちされた。ちなみに、いつもはベルの補佐として通訳も担当するサーブル副将軍は屋敷警護のため王都に残して来ている。

後ろを振り返ると、兵士に連れられた身なりの整

った若者がいた。

若者は名と身分を名乗り、緊張の面持ちで口を開いた。

「実は将軍にお話とお願いがございます――」


若者は隣国オースチンと交戦状態にあるアトス領主の甥だった。しかし、その身形は到底貴族の子息と言われるものでなく、汚れて摩耗した服を着たみすぼらしいもので、櫛模様を彫った身分を示すメダルを所持していなければ、そのまま不審人物として追い払われるか、不審人物として戦が終わるまで監禁されていただろう。

若者の話を信じたのは、形に似合わぬ物腰がいかにも貴族だと示していたこともあるが、配下の軍人の数名が直接顔を知っていたからだ。ベルの前に連れてこられる前に確認は済んでいた。

「話とは？」

尊大な態度で椅子に座ったインベルグに一礼して席に着いた若者は、まずはベルに対して深く頭を下げた。

自分の伯父が将軍を引き下ろそうと画策していたことと、気づくのが遅れたことに対する謝罪だ。

そして若者は何が起こったのか、どうして自分がここに来たのかを語った。

気づいてすぐに詳細を記した書を書き、伯父に内密に王都まで送ろうとしたのだが、使者と打ち合わせをしているところに伯父配下の兵士たちが侵入し、アトス伯爵の弟である若者の父と母、それに若者と弟妹は屋敷から出ることも叶わなくなってしまった。

「逃げ出す途中で聞いた話では、伯父に反対した人たちの多くが城の一室に捕らえられているそうです」

「お前はどうやって出て来たんだ？」

　インベルグの質問に若者は苦笑した。まだ疑われているのがわかっているのだろう。

「オースチンの軍が攻めて来て、警備が緩くなったところを抜け出して来ました。出入りしている商人が運んで来た荷車に匿って貰って。それから後は、退役した知り合いから鎧と剣を借りて、出撃する部隊に紛れて外に出ました。伯父が救援を要請していたのは知っていましたから、きっと将軍が来られると思って」

　そう言って若者はほっとしたようにベルを見上げた。

　国境に隣接するアトスの城はそのまま一つの大きな町だ。若者はここまで辿り着くことが出来たが、伝手や人々の善意という幸運があってのことなのは言うまでもない。

　現在のアトス軍は敵軍に囲まれていて後退しか出来ない状況で、もしも若者が城を出るのが少しでも遅れていれば、まだあの輪の中にいたかもしれないのだ。

　インベルグはハァと息を吐いた。

「運がよかったな、お前。あそこにいたら先がなかったぞ」

「はい。ここに来る前に振り返った時に見た光景にぞっとしました」

「そりゃそうだろ」

「アトスの内部で対立があるのか？」

「あ、はい」

　顔を合わせて初めて口を開いたベルに驚いた若者は、すぐに姿勢を正し頷いた。

「対立というよりも、伯父――アトス伯爵の独断に困惑したまま戦になってしまったというのが大きいと思います。ただ、それでも伯父の元にいる軍勢は二千は下らないでしょう」

インベルグは首を傾げた。

「その二千は表に出ている連中の中にもいるのか？」

「います。ただ、多くは何も知らない兵士たちです」

「なるほどな。敵国とヒュルケンが交戦して負ければよし、勝ったとしても疲弊したところに無傷の子飼いを出して攻撃するという計算か」

「意味がない」

「まったくだ」

「四万の軍を率いて来ているのに負けるなんざ、万に一つもないってのにな」

「四万!?」

その数に驚いたのは若者である。四万と言えば、王都の守備兵の半分の人数ということだ。

「そんなに……。それでは伯父には勝ち目がない」

「だろうな。最初から勝ちなんてなかったのに、夢を見ちまったのがアトスの失敗だ。ゼネフィスが腕を切られた時点で諦めておけばよかったものを」

「腕!?」

「腕だな。アトスの仲間だったゼネフィス伯爵がヒュルケンの導火線に火をつけてしまって、こう、すぱっと」

自分の腕を切り落とす真似をしたインベルグを見て、若者は眉を寄せたが、すぐに首を横に振った。

「それだけのことをした代償ならば仕方がありません」

「そうだな。よかったぜ。お前がそういう考えを持っているのは、俺たちにとってもお前にとっても幸運だ」

にっと浮かべたインベルグの笑み、椅子に座ることもせずずっと立ったまま表情を変えないベルの姿は、二人がどのような命を受けてこの場にいるのかをはっきりと示していた。

「……それは仕方がないことです。いえ、当然のことです。そのことについて、私は不平を申し立てることも反対もしません」

「お前の望みは？」

短いベルの問いに、若者は顔を真っすぐ上げて答えた。

「家族の命を。そして何も知らず城で捕まっている人たちと、町の人たちの命を」

「わかった」

「お前の要求は受けよう。アトスは城内なんだろう？」

「はい」

「仮にこちらがオースチンを撃退したとして、城内の連中を人質にされれば厄介だ。人質とヒュルケンならヒュルケンの命を優先するのは王命でもあり決定だが、それで民が殺されるのは寝覚めが悪い。ヒュルケン、何か策はあるか？」

「ある。エメに頼む。エメなら城の中にも入ることが出来る」

エメ。

ベルの養い親の幻獣フェン。普段は黒い犬のような姿だが、ひとたび幻獣の力を解放すれば、人が持ちえない能力を発揮する。

「エメが中に入ってアトスを仕留めれば終わりだ」

「人質は？」

「エメに任せておけば問題はない。俺たちはまず敵軍を叩き潰す。それから」

「城内の制圧だな」

ベルが頷き、インベルグは勢いよく椅子から立ち上がった。

「人質がいるのを除けば、方針は最初と変わらないわけだ」

「すぐに応戦する気もなくなるはず。そのつもりで俺はここにいる。フィリオを泣かせた罪は重い」

ベルとインベルグは前後を競うように天幕から出た。

若者は二人の背中をじっと見つめていたが、姿が見えなくなって祈るように深く頭を下げた。

天幕を出たベルは、

「エメ」

今朝到着したばかりの養い親の名を呼んだ。

呼ばれてふわりと空から舞い降りたエメは、戦を前にして高揚しているのか、背中には翼が広がり、地面を踏みしめる四肢も力強い。


「エメ様だ」

ヒュルケン将軍とエメ。この一対がいて戦に負けたことはない。

気持ちよさそうに丘の上で舞う風を受けて顎を上げるエメに、ベルが告げたのは一言だけ。

「中を」

それだけでエメは自分の役目を知る。

一つ吠えたエメは再び空に舞い上がり、それから真っ直ぐに城に向かって飛び去った。

頼もしい先陣の姿を見送ってベルは命じる。

「進軍開始！　陣は咬月《こうげつ》、第一の敵はオースチン。補給部隊は後方待機、遊軍は独自行動を許可する。邪魔するものは残らず踏み潰せ」

一斉に動き出した兵士たちが、雪崩のように丘を駆け下り、戦闘状態の真っ只中に飛び込んで行く。

自軍が敵を蹴散らす様子を眺めていたベルは、指示した陣形が整ったのを見届けた後、自らも馬を駆って丘を下りた。
目指すは敵国オースチン軍の殲滅《せんめつ》、及びアトス城の制圧だ。

2-6

ベルが軍を率いて出て行ってから五日が過ぎた。

新婚の身で一人屋敷に残るフィリオを心配してか、ルキニ侯爵や姉、それに兄までもが様子を見に何度も森屋敷を訪れた。

寂しい気持ちはあるが、軍人の伴侶を持つものは皆同じ気持ちなのだからと考えてはいるのだが、なかなか簡単に不安が拭い去れるわけではない。

幼い頃にも実父が出て行くのを何度も見送った経験はあるはずなのだが、幼過ぎたせいなのか、家族の人数が多く賑やかだったせいなのか、そこまで孤独や不安を感じることはなかったように記憶している。

「子供だったからなんだろうな、たぶん」

大人になれば戦の怖さもわかるようになる。それに伴う喪失を経験していれば、なおさら待つ時間を長く感じることになる。

世の中の軍人の妻や夫はよくもまあこんな時間を過ごせていると思い、今更ながらに感心する。

といって、無為に過ごすのはフィリオの性格に合わない。体を動かしている方が楽だと気づいてからは、積極的に屋敷のことに関わった。

初日こそ体が動かず何も出来ずに終わったが、翌日からは朝の間は屋敷の仕事をして、午後からはサイデリートに教えを請う。合間に訪問客の相手をしていれば、自然と昼間の時間は過ぎて行く。

貴族に叙任されてはいるものの、ベルは領地を持たない。そのため、領地運営や税収などの処理や計算がないのは楽ではあった。

そう、昼の間はいいのだ。使用人たちと話をし、戦場のベルのところへ向かったエメの代わりに犬や猫の世話をして、庭の手入れをしながら、警備の兵士から報告を受け、話をする。

しかし、夜になってサイデリートが王城の自宅に戻り、使用人たちも小動物も眠りに落ちてしまえば、残されているのはフィリオ一人だけ。

広くて立派で寝心地のいい寝台の真新しい布団に横になっても、眠りは一向に訪れてくれやしない。

「いつ帰って来るのかなあ」

地図を広げてベルが赴いているアトス領を指でなぞり、話し掛けるのが日課になってしまった。見知らぬ人が見れば、夜中に独り言をぶつぶつ呟いている怪しい人にしか見えないだろう。

「怪我してなきゃいいけど」

父や姉はヒュルケン将軍が指揮を執る戦で負けたことはないと言っていたが、何が最初の負け戦になるかわからない。今度がそうならない保証はないのだ。しかし、それを言ってしまえばベルの将軍としての手腕を疑っているようにも思え、自己嫌悪に陥ることもある。

「早く帰って来て顔を見せてよ」

国の大事に個々人のことなど構っていられないのは百も承知。それが将軍だからと言って免除されないのは、国のことを考えればいいことなのだろうと思う。誓約の儀式を予定通りに行えたのは、ひとえに国王の厚意に過ぎない。

確かに、先に正式な国民にしてしまおうという政治的な思惑があったとは思う。戦が長引いた挙句に、出征先で十年の期限が切れてしまえば元も子もない。

「万一、将軍をおびき出すのが目的だったのなら命を取るに至らなくても、期限が切れるまでアトスやレオナルドに留めておけばいいんだからね」

そう語ったのはルキニ侯爵だ。

出撃前のベルとインベルグの推察は、国王や聖王親衛隊には伝えられており、自由裁量で処断する許可まで貰っての出撃だ。儀礼庁長官や貴族院長官には、可能性として二領の取り潰しもあり得ると国王から直接通達され、そこで初めてベルが狙われていることを知らされた。

それを受けて、森屋敷の警備はさらに強化され、警備に当たる兵士の数は三倍に増やされた。また、軍だけでなく聖王神殿もついていると知らせるために日に一度はナイアスが顔を出すという徹底ぶりだ。

ヒュルケン将軍を排除するためにフィリオをどうにかしようとすれば、すぐさまルキニ侯爵家や聖王親衛隊が反撃に動くというのを目に見えて知らせることで牽制しているのである。

南で勝ち戦を収めていても、首都に残した家族を人質に取られてしまえば結果はがらりと変わって来る。

そのためにもフィリオは無事でいなければならないのだ。

おそらく今後も同じことはあるはずだ。だからフィリオは耐え、戦うことを覚えなければならない。

「父上に言って、もっと勉強させて貰おう」

今は書類整理やお遣いしかさせて貰えないが、屋敷の管理に慣れてくればいくらかは余裕も出来るようになり、今まで知ることのなかった貴族社会や政治の深い部分を知ることが出来るだろう。

それがベルの助けになるかならないかは別として、自分自身の身を守るためにも知るべきなのだ。ルキニ侯爵という保護者がいて、ベルという強固な伴侶がいても、フィリオ本人が打たれ弱くては話にならない。

足を引っ張るだけの存在にだけは、絶対になりたたくない。

枕を抱いて横になる。

そっと手を伸ばした隣は冷たく、男の不在をこれ以上なく再確認させる寂しい夜。

「ベルさん……」

声は届くだろうか。


首を長くして待つこと七日目の午後、二階の露台《バルコニー》に置かれた椅子に座り、本を読んでいたフィリオは、ふと街の方から聞こえて来る大きなざわめきに読んでいた本から目を上げた。

今日はサイデリートが休みのため、珍しくも午後を一人で過ごしていた。相変わらずベルのことが心配で文字もあまり頭の中に入っていなかったが、何かしていなければ落ち着かないのだから仕方がない。

そんな中で拾ったざわめきの正体は、露台から遠くに見える大きな塊から聞こえてくるもののようだ。大勢が歩く時に聞こえる足音や石畳を走る馬の音、それに荷車や馬車。

「でも、もしかして……」

もしかすると、もしかするかもしれない。

途端に胸の鼓動は速くなり、いても立ってもいられずにフィリオは階下に駆け下りた。

(軍が帰って来たのかも!)

生憎と森屋敷は大通りに面しておらず、郊外から城へ続く通りからも離れているため、行列が屋敷の前を通ることはない。だがこんなに大きな音を出すほどの人数を集めることが出来るのは、軍しかない。

廊下を走って階段を駆け下りたところで、フィリオは危うく人にぶつかりそうになった。

「あっ、ごめんなさい！」

寸前でぶつかるのを回避した相手は使用人頭で、彼はフィリオの顔を見ると顔中を皺くちゃにして大きな声で叫んだ。

「奥様！　お戻りです！　旦那様がお帰りになりました！」

まさかと思っていたが、本当にベルが帰って来た。

「本当⁉　どこ⁉　どこにいるの⁉」

「お、表にっ」

早足が駆け足になり、駆け足が全速力に変わる前に、待ち望んでいた男の姿を見つけた。

「ウェルナード！」

馬から荷を下ろしていたベルは、屋敷の中から駆け出して来たフィリオに気づくと、大きく手を広げた。

「フィリオ」

走る足のなんと遅いことか。

もっと速く走れと心の中で叫びながら足を動かし、真っ直ぐ腕の中に飛び込んだ。

「お帰りなさい、ベルさんっ！」

抱き着いた体からはいつもの体臭と汗と埃《ほこり》の匂いがする。

「ただいまフィリオ」

「うん、お帰りなさい」

離れていたのは七日だが、長い間顔を見なかったのはベルから初めて口づけされて避けていた時以来だ。

抱かれたままフィリオは顔を上げ、ベルの顔を見つめた。

「少し痩せた？」

「そうでもないと思う。急いだせいかも」

「髭が伸びたね」

ベルは手のひらで自分の顎を撫で、チクチクを感じないほど伸びた髭の感触に「ううむ」と首を傾げた。

「剃らなかったの？」

「面倒」

「でも家に帰って来たんだから剃るよね？」

以前に無精髭がチクチクして痛いと言ったことを覚えているベルは、即座に頷いた。

（ベルさん、どこも怪我してないみたい。よかった）

少なくとも見える範囲に傷はなく、軍服も切られた箇所は見当たらない。

後は服の下だが、これは今日の夜にでも確かめればいい。もう昼を半分過ぎた時刻だ。すぐに夜になる。

「お風呂に入る？　それとも先に少し休む？」

このまま屋敷の中に入ろうと腕を引っ張ったフィリオだが、

「悪い。まだ帰れない」

動くことなくベルは言う。

「もしかして、またどこかに行くの？　西の方のインベルグ王子のところに加勢に行くの？」

せっかく帰って来たのにまた行ってしまう。

嬉しさでいっぱいだっただけに反動は大きく、ベルの袖をぎゅっと摑んだ。

「行くのはすぐじゃなくちゃ駄目ですか？　少しだけ休憩するのもいけないことなの？」

体中で行かないでと叫びながら、フィリオの目には我慢しきれなかった涙が浮かんでいる。不安で不安でたまらない毎日を過ごした後に、顔を見るだけですぐにどこかに行ってしまうのはあまりに酷いではないか。

言葉にすればそんな感情をベルが読み取るのは容《た》

易《やす》い。ベルだけでなく、傍で見ているだけでもすぐにわかるくらい露骨だ。それが証拠にフィリオを呼びに行った使用人頭はおろおろしながらもどこか優しく見つめているし、荷車から荷物を下ろしていた部下たちの顔に浮かんでいるのは、微笑ましいものを見つめる温かい笑みだ。

見るなと、とりあえず部下を睨みつけたベルは、フィリオをもう一度腕の中に抱き込んだ。

「悪かった、俺の言い方が悪かった。今回の任務は完了した。インベルグも戻って来ている」

「本当？」

「本当だ」

「だったらどうして帰れないの？」

ベルはこてりと首を傾けた。

「城に戻る途中に家があったから荷物を置くため」

「それだけ？」

「違う。一番の理由は俺がフィリオの顔を見たかったから。だから少しだけ顔を見たら城に行くつもりだった」

「お城に？　あ、国王様に報告しなくちゃいけないんだ」

ベルは頷いた。

アトス領を出立する前に首都に戻ってからの行動は指示済みだ。非番や勤務から外れるものは首都に入れば自動解散、後は出た時同様城に戻ってから自由解散だ。

しかし一般の兵士と将軍のベルは違う。最後まで兵を率いて帰還し、報告する義務を持つ。それが終わって初めて、本当の任務完了になるのだ。

「じゃあ、国王様に報告したらすぐに帰って来ますか？」

「報告書がある。留守を頼んだ隊長にも会う」

「それだけ？」

「それだけ」

「早く帰れそう？」

　この質問にベルは嫌そうに顔を顰《しか》めた。

「報告書が面倒だ」

　それでも他人に押し付けようとしないところがベルらしい。

「それは……仕方ないかもですね。でも、終わったら帰って来て一緒にいられるんでしょう？」

「それは約束する」

「それなら待てます。だって夜には必ず帰って来るんだもの。だけど」

　と、フィリオは耳に口を寄せた。

「出来るだけ早く片づけて帰って来てくださいね。寝ないで待ってます」

　ベルは大きく何度も何度も頷いた。


　フィリオはそわそわと落ち着かない気分を隠そうとしないまま、ベルを待った。

　待っている間にベルよりもエメが先に屋敷に帰って来て、用意していたパリッシュ特製の肉料理を振る舞った。

　エメが帰って来たのを聞き付けた仔猫や仔犬が次次に居間に集まり、久しぶりの明るく賑やかな子育ての様子は、フィリオの心を和ませ、穏やかな気持ちに変えてくれた。

（そうか、僕が不安に思ってたら駄目なんだ。ううん、思ってもいいけど顔や態度に出し過ぎちゃったらいけないんだ……）

　フィリオはまだ十七歳だが、もう子供ではない。

屋敷の主として皆を不安にさせる態度を見せるのは

褒められたことではない。人間だけでなく、動物たちもフィリオといる時よりもずっと元気で甘えている。エメが帰って来たというただそれだけなのに、フィリオ一人でいる時よりも明るく華やかになった。

個体が持つ雰囲気が与える影響はとても大きいのだと、フィリオは学んだ。

「ベルさんが帰って来たらどんな風に変わるんだろう」

不機嫌な時には静かに、拗ねている時には素知らぬふりで、楽しそうな時にはみんなが笑っている。

そう、誓約の儀式を終えて屋敷に戻って来た時にみんなにこにこと笑顔で迎えてくれた。

(僕もみんなが優しく温かい気持ちでいられるように頑張ろう)

未熟な妻だが、ベルはきっとゆっくりと成長を待っていてくれると信じている。


助言や叱責を与えてくれる人には恵まれている。それに一人ではなく、ベルがいることはこの上もなく頼もしい。

しかし、いくら待ってもベルは帰って来なかった。

「もう休んでいいですよ。後は僕がしますから」

せっかく旦那様がお戻りなのだから出迎えをしたいと、使用人全員がフィリオ同様起きて待っていてくれたのだが、既に深夜に近い時刻になっても戻って来る気配はない。

待つだけならいつまででも眠い目を擦って待つのだが、明日も屋敷の中を正常に回そうと思うなら、もう休んでいなければならない時間だ。

食事も風呂も終えたフィリオは、適当なところで自分の中に区切りをつけ、ガウンを纏って使用人たちが集まっている休憩所に出向き、休むように伝えた。

「奥様は？」

「僕はまだ起きて待っています。眠くなって寝てしまっても、ウェルナードが戻って来るところは同じ寝台だから、眠っていても僕なら気づくでしょう？」

だから安心して眠り、明日の朝にお帰りなさいの挨拶をすればいいと伝えた。

それでも最初は待つと言ってくれたのだが、話している間も音沙汰なしなので、結局全員が自室に引き上げることに同意した。

もしかしたら必要になるかもとパリッシュは簡単に摘める食事を作って持たせてくれた。

厨房から戻るとちょうどエメが動物たちを寝かしつけて帰って来たところだった。

「あの子たちも離れたがらなかったみたいだね。ご苦労様」

久しぶりに会う養い親に、仔猫は背中によじ登り、仔犬は尾に噛みついたりと大変だったのだ。

頭を撫でて櫛で毛並を整えてやると、そのままエメは絨毯の上に丸くなって眠ってしまった。

「エメも疲れたんだよね。ゆっくりおやすみ」

最初は瞼を閉じているだけだと思ったが、すぐに聞こえて来たスースーという寝息に、完全に寝入ったことに気づいたフィリオは、寝室から持って来た掛布団に包まって、長椅子に身を横たえた。

「ベルさん、早く帰って来てくださいね」

もう少し待って、それでも戻って来なければ寝室に戻ろう。

そう思いながら昼の続きで本を読んでいたのだが、いつの間にか瞼は落ち、眠りについていたようだ。

気づいたのは、頬を撫でる手の温もりを感じたからだ。

「――ベルさん？」

しゃがんだベルは、フィリオの目の下をそっと摘んだ。

「睫毛《まつげ》がついていた」

「ありがと」

わざわざ見せてくれたベルに礼を言いながら、フィリオはゆっくりと体を伸ばした。

「今帰って来たの？」

「ああ。遅くなって悪かった。報告書は苦手だ」

頭をがりがりとかくベルの顔は、昼間よりも疲れて見えた。

「ご飯食べる？　軽いものならパリッシュさんが用意してくれたからすぐに食べられますよ？」

「食う」

即答に笑ってしまう。

皿の蓋を開けるとすぐにベルは手を伸ばし、肉を挟んだパンを幾つも口に放り込んだ。食べるというよりは丸飲みだ。

「そんな食べ方したらお腹壊すのに」

水差しからグラスに水を入れて渡せば、これもゴクゴクと喉を鳴らして飲み干した。

「もしかして、仕事している間は何にも食べてないし、飲んでないんですか？」

「水は飲んだ。時間が勿体《もったい》ないからものは食べていない」

「体壊しますよ、そんな生活していたら」

「頑丈だから大丈夫」

「頑丈でも。病気になったら僕、泣きますからね」

「――善処する」

「出来るだけ前向きにお願いします」

床に敷いた絨毯の上に直《じか》に座るベルは、上着だけは脱いでいるものの昼間に見た時と格好も無精髭も変わっていない。

そのため、食べ終えるとすぐに湯殿に向かわせた。

「疲れているから早く眠りたいかもしれないけど、そのままだったら体もあんまりゆっくり休めないと思う。綺麗に洗って、体をあったためてそれから寝ましょうね。向こうではお風呂には入れたの？」

「城の中で使わせて貰った。忙しくて一度しか入っていないが。後は拭くだけ」

「それならなおさらだね」

「フィリオは？」

「僕はもう入ったから、ベルさんだけ。そんな目をしても駄目。今日は一人だけで入って？　明日は一緒に入ってあげるから」

「わかった」

「そしたら僕は部屋で待ってます。あ、だからってあんまり早く上がって来ても駄目ですよ。体が温まってから出ること。それに髭も剃ること」

「……面倒」

「髭がある人とは口づけません。僕を舐めるのも禁止。だってくすぐったいに決まってるもの」

「インベルグはそれも楽しいと言ってたぞ。試すなら今だと言われた」

「……インベルグ王子の嗜好《しこう》はそうかもしれないけど、僕にそんな趣味はありません。ほら、早く行く。駆け足！」

びしっと廊下を指差せば、一瞬驚いた表情になったベルは鮮やかな笑みを浮かべた。

「了解」

さっと敬礼して身を翻すウェルナード＝ヒュルケンは、背後で可愛い嫁が真っ赤な顔をして固まっているのに気づくことはなかった。

寝台に横になっても、眠りを忘れてしまったように目は冴《さ》えたままだった。昨夜も同じように眠れぬ夜を過ごしたが、今の眠れない理由は昨日までと異なる。

（なんでだろう、ドキドキする）

嬉しくて高揚するのとは違う。早く戻って来て顔を見たいという待ち侘びる気持ちとも違う。

喩えて言うなら、何かを期待する気持ち。

「あ」

その何かに思い当たった途端、体の一部が反応して思わず声を上げてしまった。

間の悪いことに、そういう時に限って知って欲しくない人に知られてしまうものだ。

「どうした、フィリオ。何かあったのか？」

闇に覆われた静かな室内で発した声は意外と大きく、ちょうど部屋に入って来たばかりのベルを不審がらせるのには十分な音量だった。その声にはどうしようという困惑した気持ちが伴われ、ベルの五感はそこまでを感じ取っていたのである。

「何でもないです。ちょっと自分にびっくりしただけだから——ってベルさん、顔が近いっ」

恥ずかしくて俯いていたフィリオは気がつかなかったが、早くフィリオを実感したいベルはさっさと布団の中に潜り込んで来たのだ。

「髪の毛は」

「濡れてない。乾かした」

「髭は……」

「剃ったからつるつる」

「体は」

「あったまった。だからフィリオにも分ける」

「あ、ちょっとベルさん、待って、待ってもう少し離れて」

大きな声を出せば使用人が駆け付けて来るかもしれないと思うと、拒否する声も小さく囁くようになってしまう。勿論、効果などあるはずがない。

逃げようと端に身を寄せるフィリオ。

捕まえようと追い迫るベル。

勝者がどちらかなどわかりきったことだ。

「——フィリオ」

手足の長さと体格差を十分に生かし、難なくフィリオを捕らえたベルは自分の体の下に押さえ込んだフィリオを見下ろし、青い目を見張った。

「——だってしょうがないじゃない。ベルさんがいなかったんだから。ベルさんが帰って来たんだから、こうなるのはしょうがないでしょう」

重なって触れた場所——フィリオの性器は緩く勃ち上がり布地を持ち上げていた。

きっと涙を滲《にじ》ませた桃色の瞳が暗闇の中でも見える青い目を睨みつける。

「ベルさんがいないのが悪い。ずっと帰って来ないから、だから——会えて嬉しくって……」

睨んでいたはずが、いつの間にかしょんぼりと曇る瞳。

「——ここにいるよって僕に教えて。たくさん触って、たくさん舐めて、たくさん齧って、ベルさんの全部を僕にちょうだい」

「俺はもう全部フィリオのものだぞ」

「それでも！　全部欲しい。抱いてください。初夜の続きを今夜しよう」

もう体は繋げてしまったけれど、その後に味わったはずの二人共に並んで眠りにつき、共に並んで目覚めるところまでをもう一度。

「——たぶん、この間よりももっと抑制出来ないと思う。自制出来る自信がない」

餌を前に飛びつくかと思ったベルは、意外にもフィリオの体を気遣った。初夜ではあれでも加減していたのだ。

だが、もしも許可があれば――？

それを得る相手、許可を出すフィリオは自分から口づけた。

「忘れないで。僕はウェルナードの嫁なんだよ。僕から望んだんだから、あなたが躊躇《ためら》う必要はどこにもない。だから――来て」

自制と欲望を繋げていただけの細い糸は、このフィリオの言葉で完全に切られてしまった。残るのは本能に忠実な欲望だけ。

広い胸が押し潰す勢いで上に圧し掛かる。

「フィリオ、フィリオ」

喉に首に、肩に胸に、むしゃぶりつくベルの唇はどこまでも貪欲にフィリオを求めて蠢く。肌ごとこそげ落とすように舐めたかと思えば、舌先だけで刺激する。一体どこで覚えたのかと問いたくなる絶妙な舌さばきだ。

吸い付く強さも痛さの一歩手前で、時々顔を上げて満足そうに笑うのは、鬱血痕――所有印を確かめているからだ。

（そう、そこをもっと強く舐めて、あぁ、そっちは……）

長い指に絡め取られた性器はもっと刺激が欲しいと涙を零して訴える。

「――フィリオの味」

胸から腹へ辿った唇はとうとうフィリオのものにまで到達し、大きく開いた口に呑《の》み込まれた。

「んっ……んっんっ……！」

強く弱く吸い、先端を何度も行き来するベルの唇とぴちゃぴちゃという音は、視覚的聴覚的に淫靡《いんび》で、ベルのように整った男らしい顔でそれをされればもう、あっという間に上り詰めてしまいそうだ。

ベルの方もそれがわかっているからじらす。吸い付いたかと思えば口を離して、お気に入りの白い陰毛に頬擦りしたり、後ろの穴を指の腹で触れるだけで通り過ぎて行ったり。

余裕はないはずなのにこの差は一体何なのだろう。まだ残っている理性はそんなことを考える。


しかしながら、自分一人だけが余裕がないと思っているのはフィリオの勝手な思い込みで、ベルが考えていることといえば、

(もう入れていいだろうか？)

という即物的なものだった。

欲しいと言うフィリオに快感を与えるのは楽しく、可愛らしく身を捩って悶える姿はずっと目に焼き付けていたいほど。だが、ベルは他のものも欲しい。

一度知ってしまった人の中を穿つ快感は、どんな誘惑にも勝る。

フィリオを愛撫する傍ら、片手だけで自分を慰めているのをフィリオは気がつかないだろう。気づいたら、もしかすると握ったり舐めたり咥えたりまでしてくれるかもしれないが、今日は駄目だった。

してもらうよりしたい。

そっちの意識が強くベルの本能を支配しているのだから。

慎ましく閉じていた穴は、舌で舐めて唾液を塗りつければ柔らかく綻んだ。ただしそれだけでは足りないので、先日も使った潤滑油を指に取り、そっと押し込んだ。

思った通りに柔らかく締め付けながらも蠢く内部

に、もう触れていないにも拘らず陰茎は早く入れろと急《せ》かす。

手早く、しかし十分に解すというのは難しいが、何とかベルはこなすことが出来た。

「いいか？　入れちまえば後はお前の好きなように動けばいい。だが入れる前の準備だけは怠るんじゃないぞ。一度でも痛いと思わせてしまったら、次はないと思え。たとえなくならないまでも、喜んで入れさせて貰えるなんて甘い考えは持つんじゃねえぞ」

インベルグの助言はベルの中にしっかりと刻み込まれている。

余計なことを言うインベルグだが、フィリオのために努力を怠らないベルにはよい師匠でもある。一度、聖王親衛隊長に似たような相談をした時には、

「私には言えない」

そんな言葉で逃げられてしまった。それ故に、以降は人選を誤ることなくインベルグ王子だけに相談することにしている。

齧った時のあの柔らかさと肌の弾力、舐めた時に感じたのは甘さで、どうしてフィリオは甘いのだろうか、もしや蜂蜜で出来ているのではと真剣に考えてしまった。

歯を立てるのも好きだが、立てた時に聞こえるフィリオの声が好きだった。

だがやはり、一番好きなのはベルを受け入れ、激しく突かれている時に浮かべる恍惚とした表情だ。潤んだ桃色の瞳に見つめられてしまえば、すぐに熱を吐き出してしまいたくなる。

指が三本入って動かせるようになると、ベルはすぐに体の間に割り込んだ。

熱く滾《たぎ》る熱は今すぐに爆発しそうだが、我慢すればもっとよい気持ちになれることを知っているだけ

に下腹にぐっと力を入れてやり過ごす。

「――入れて、いいよ」

待ち望んだフィリオの言葉にベルは欲望の切っ先をずぶりと埋め込んだ。淡紅色の入り口が皺を伸ばして広がって行く。呑み込まれ、先に進めば進むほど締め付ける感覚も強くなり、早く思う存分暴れたいと心が逸る。

ゆっくりと時間を掛けて、ようやく全部収まった。後は動き出すだけ。

「――俺の全部をお前にやろう」


抽挿の激しさは先日よりも増していた。初めての時に何度も回数をこなしていたせいか、何とかついていくことは出来たフィリオだが、ベルの性欲は本人が宣言した通りに、どこまでも貪欲にフィリオを追い求めた。

「あっ、あっ…」

「もう少し、もう少しだ」

揺さぶられ揺れる足、枕元で光る新雪の髪がキラキラと光り輝く。

「ベルさんっ……も、うっ……!」

涙に濡れた瞳で懇願すると、ベルは頷いた。

「いくぞ、フィリオ。これで最後だ」

うんという小さな頷きに、ベルは腰の動きをよりいっそう速めた――。


翌朝。

帳《とばり》の隙間から入り込んで来た太陽の光に、フィリオはもぞもぞと動きながら瞼を半分開いた。

寝転がっていても体全体を覆う気怠さはなくならないが、それよりも真っ先に確かめたかったものがある。

「ベルさん、いた……」

すやすやとフィリオの方を向いて眠るベルの顔は、こうして見ていると時々幼く感じる時がある。

「気を抜いていてくれるのだと嬉しいな」

意識して切り替えるのではなく、自分の前でだけ自然に素の部分を見せ合う関係は理想だ。

「お疲れ様、ベルさん」

昨日の昼よりも夜、それよりも今朝の方が疲労の色が濃く出ている。肩を並べられるのは三宝剣だけと言われるベルだが、比例して責任は重い。不真面目そうでいて真面目で、でも真面目なところもあれば不真面目なところもあるヒュルケン将軍。

目の下にくっきりと見える隈《くま》は、離れていた七日の間の苦労をしのばせる。

「ゆっくりおやすみ、ウェルナード」

額に掛かる前髪を持ち上げて、フィリオは小さく口づけを落とした。そしてもう一度、何かを探すように持ち上げられた腕の中にすっぽりと納まって瞼を閉じた。

「おやすみなさい」

今日から五日の休みをもぎ取ったと宣言していた。自然に目が覚めるまで、誰も起こしに来ないといいな。

そんなことを思いながら、フィリオは眠りの中に沈んでいった。

南のアトス領、西のレオナルド領。

この二つの領地を治めていた領主は、ひと月後、それぞれ貴族の身分を剝奪された後、刑に処された。罪状は多々あるが、対外的に公表されたのは敵国を手引きする切っ掛けを作ったというもので、同情する貴族は現れなかった。

もう一つ、ヒュルケン将軍暗殺未遂という罪状もあったのだが、公表すれば国内がどれだけ混乱するかを考慮した結果、表には出さないことが決定されている。

反対に、両地の防衛に努め敵軍を退けたヒュルケン将軍とインベルグ王子には、相応の報酬が与えられた。二人共に、各々が制圧した領地を所領として与えられたが、管理は他のものに任せ、二人が足を運ぶことは滅多になかった。

もう一人――一匹、報酬を貰ったのはヒュルケン将軍と常に共にある黒い幻獣で、人質に取られていた領主の甥の家族を救った功績が讃《たた》えられてのことである。

とある兵士たちの観察と検証

クシアラータ国が誇る三宝剣が一人ウェルナード＝ヒュルケン将軍の職場は、言うまでもなく軍務庁である。他の官公庁と比較してもどことなく頑健に見えるのは、武を司る庁舎という印象が先に立つのが大きいが、実際に建物そのものも頑丈に出来ている。理由として一番大きいのは最も国民の不平不満の対象となりやすい場所というものだが、もう一つ、体格のよいものが多く所属する軍務庁ならではの頑丈さが求められているというのも、誰しもが納得する理由の一つだろう。

実際には、所謂《いわゆる》軍人——兵士たちは別の場所にある練兵場を基本の活動場所にしているため、兵士の出入りはそう多くはないのだが、その多くはない兵士たちがこれまで壊した建具や備品の数を考えれば当然のことともいえる。

扉など、年に数回は必ず取り換えなければならない。数百の人間が働く場所故、激しい開閉が繰り返されるのを考えれば、扉の寿命が短いのも頷けるというものだ。

厳しい、頑丈、筋肉、力自慢。軍人とくればすぐに思い浮かべる単語が並ぶ軍務庁だが、事務方の職員の方が庁舎内には多い。しかしついてしまった印象は覆ることはない。もっとも、文官であっても兵士とやり取りをしなくてはいけないことも多いため、精神的にも肉体的にも頑丈なものが多いというのは、紛れもない事実であった。

そんな軍務庁内において、一番気苦労が絶えず多忙にしているのが三人いる副将軍の一人サーブルというのは、内部では暗黙の了解になっている。

何しろあのウェルナード＝ヒュルケン将軍が最も

多く話し掛け、最も多く会話をし、最も多くの時間を共にしているのがこの副将軍なのだ。

サーブル本人の方は、

「どうして私なんだろう……？　他の二人でもいいだろうに」

そんな疑問を抱えながら、日々を送っている。

サーブル副将軍の間が悪いわけではない。抜けているわけでもない。そもそも抜けているような人物に、将軍に次ぐ位を与えるわけはないのだから、優秀なのは確かなのだ。

それでもサーブル副将軍を見る周囲の視線の中には、尊敬よりも憐憫《れんびん》の方が多い。ヒュルケン将軍が何かしでかした時にはすぐに呼び出しが掛かるため、城内を走っている姿が多くみられていることも原因かもしれない。

そう、将軍がしたことについて、何故か皆がサーブルに尋ねるのだ。

「ヒュルケン将軍は一体何をしたのだ」

「将軍は何を考えているのだ」

「将軍がやったことの説明をして欲しい」

などなど枚挙に暇《いとま》がないほどだ。

朝の会議に出ないことが多い将軍に代わり、出席するのは当たり前。稀《まれ》に将軍が出席する場合でも、サーブルは発言係として控えていなくてはならない。国王の前で言葉を発することに最初は恐怖を覚えたものだ。敵軍を前にするよりも怖かった。国の偉い人達にも顔と名を覚えられ、何かあればサーブルを名指しで問い合わせがくる。

もう慣れた。平気だ。

そう言うことが出来ればいいのだが、如何《いかん》せん、サーブルは筋肉だけの男ではなく繊細さも併せ持っていたため、未だに慣れることはない。

緊張を強いられることで気疲れも増し、胃を痛めることも多く、実はこっそり医療棟の常連なサーブル副将軍だった。

ただ、ある程度のことには耐性が出来た。将軍が何かしたとしても、そのこと自体に驚くことがなくなったのは進歩に違いない。

「ああまたか……」

それくらいに開き直ることは出来た。何かが起こることに慣れてしまったのは、幸いなのか不幸なのかと考えれば、おそらく幸いなのだろう。

それでも、軍務庁に激震を走らせたヒュルケン将軍があのフィリオ＝キトと仮婚を開始するという出来事には、十分驚かされることになったが。

そして驚く間もなく、将軍のとんでもない意見により、広報誌を回収して回ったのは記憶に新しい。

正直、第三王子配下の部隊と競り合いになったという報告を聞いた時には、城内で血で血を洗うことになるのではと胃を痛めたが、良識派のルキニ侯爵が間に挟まることによって、さらには意図しない三者会談が成立したことによって、何事もなく終わったのはよかった。

たとえその後、部下たちが広報誌をすべて回収するという任務を与えられ駆け回ったとしても、副将軍であるサーブルはついて行く必要がなく、ややこしい交渉や喧嘩《けんか》腰のやり取りをしなくて済んだのもよかった。面倒なことは貴族の中の良心と呼ばれるルキニ侯爵が全《すべ》て行ってくれたので、儀礼庁を出て頭を下げて拝んでしまったほどありがたいことだった。

サーブルに限らず、兵士たちは皆似たようなものだ。ただ気苦労がほんの少し……大分多いだけで、感じていることは同じなのだと思っている。

さて、そんな副将軍他の兵士たちが噂《うわさ》のフィリオ＝キトに会ったのは、仮婚が発表されてから意外とすぐだった。

不幸にも森屋敷——ヒュルケン将軍の邸宅に火が放たれてしまったのだ。結果的に、この場合不幸だったのは放火犯とその同志なのだが、その時に初めてフィリオ＝キトという少年を目にした兵士が大多数だった。

線が細く軍人と比べて小柄な少年は、少し力を入れると折れてしまうのではないかと思うほど、か弱く見えた。

ヒュルケン将軍の腕に大事に抱かれて意識を失った少年は、本当に繊細でたおやかに見えたのだ。

しかし、現場検証をする中で屋敷の使用人から話を聞くうちに、最初の印象は変わっていた。エメの鳴き声から異常を見つけ、使用人たちに指示をして、自らも汚れを厭《いと》わず消火活動に当たっていたのだ。

使用人たちは証言する。

「ええ、すべてはフィリオ様の指示です。フィリオ様が私たちを励ましてくださって、どんな風にすればよいのかを教えてくれました。正直、真っ赤な火を見た時に腰が抜けるかと思っていたんですよ。屋敷じゃなく木が燃えているのだとしても、焦げた臭いは嗅いでいい気持ちになんかなりゃあしません。戦で村を焼かれて王都にやって来たもんで……。二十年前のことですがね、忘れようったって忘れられやしませんよ。だけど、フィリオ様の声で我に返りました。庭師が動いて、洗濯係が走って、みんな何かをしなきゃと一生懸命だった」

「あたしも言ったんですよ、フィリオ様に。どうかお屋敷の中で待っていてくださいって。火事を聞きつけたのなら、絶対に旦那様がすぐに駆け戻って来るはずですからって。フィリオ様に何かあったら、あたしら全員が死んでお詫びしたって償《つぐな》いきれないでしょう？　あんなご機嫌な旦那様を見てしまったら、特にそう思うんです」

「そもそも貴族様は自分で動かないものだって思ってましたたし、俺が以前に勤めていた貴族様もそうだった。何か仕出かして取り潰しになって路頭に迷った時にはどうしようと思ったもんだけど、ヒュルケン将軍の屋敷で雇って貰《もら》えて、今は本当に感謝している。それは俺だけじゃなく、たぶんみんながそうだと思うぜ。新しく来た料理人のパリッシュだって、たぶんそうだと思う。一番フィリオ様と話す機会が多いのが羨《うらや》ま……あ、いやそうじゃなく、フィリオ様だろ。小さな体で大きな桶抱えて、一生懸命水を撒いてるんだ。失礼だが、フィリオ様は腕力がない。だから本当は手桶とか小さいものの方が効率いいのにとは思ってたんだが、そんな野暮なこと言えるわけないだろ？」

「そうじゃなあ。わしの方がよっぽど力があるだろうに。だけどなあ、火事場に駆けつけたのもフィリオ様は一生懸命だった。先頭に立って、荷車を引っ張ってった。怪我でもしていなきゃあいいんだが。あ？　怪我はなかったたって？　それはよかった。フィリオ様に怪我でもされた日には、将軍のお怒りが凄まじいことになっていたでしょうからなあ」

「最初にフィリオ様をお見かけしたのは、もう少し前ですがその時にはすぐにお帰りになってしまわれたので、私どももあまりよく知らなかったのです。エメ様と遊んでいるという話は、他のものから聞いてはいたのですが……。ええ、エメ様はお優しい方ですので、フィリオ様と仲良くしているところを見ると、私どもも温かい気持ちになります。フィリオ様が来られてよかったことの一番はそれだと思います。旦那様は理不尽なことは仰いませんし、命じるということそのものがほぼございません。嘘ではありませんよ。本当です。え？　それでどうやって屋敷を回しているのかと？　それは殿下の指示でございます。そう考えると、私どもの本当の雇い主は殿下ということになるのでしょうけれど、実際の働き場がこのお邸ですから、どうなのでしょう。でも、これからはフィリオ様……奥方様がいらっしゃいますので安心できるような気がします」

「身分の高い将軍の御役目を拝命している旦那様なので、奥様になられる方はきっと偉い貴族のお嬢様だろうとは思ったのですが、どうしても旦那様がどなたかの女の方と結婚することが想像出来ませんでした。愛を育むことが出来るのかも想像出来ませんでしたし……あっ、今のは旦那様には内緒にしててくださいね。紙に書いて残したら駄目ですからね！」

「結局のところ、フィリオ様がお嫁に来てくださってよかったというのが、我々使用人一同の正直な気持ちなんです。世間に疎いものが多いので、フィリオ様が侯爵家の方なのはわかっていても、それ以上のことは知らないのが我々だったのです。お姉君が来られた時も急でしたので、侯爵家のお嬢様とだけしか……。本当に、私どもが知るのはいつも事が起こってからでして……。え？　軍人の皆様も共感してくださるんですか？　それはありがとうございます。でも驚きました。フィリオ様……いえ奥方様があの歌唱隊で有名だった方だったなんて……。恥ずかしながら、まるで知らなかったのです。いえ、歌唱隊でとても歌の上手な方がいたのは知っておりました。ですが、その時の子どもと奥方様を結び付けて考えてもいなかったのです。間近で見ていたらわかったのかもしれませんが……。他の貴族様のところで働いている知人から聞いて初めて知った具合でして……もう本当に恥ずかしい……っ」

「私たちも甘えていたのですね。旦那様が口を出さないのをよいことに、殿下からの指示のまま動けばよいのだと。これでは使用人として失格です。これまでが手を抜いていたわけではありませんが、当たらず触らずという感じだったと思います。ええそうですね、旦那様に対して遠慮が働いていたのは否定しません。用がある時には勿論、旦那様も私たちに声を掛けますし、私たちからも旦那様へお伺いを立てることはあります。普通の主人と使用人の関係ですよね。本当に当たらず触らずです。旦那様が快適に過ごせるようお屋敷を維持するのが私たちに課せられた仕事で、そこに旦那様を理解するという内容は入っていなかったと思います」

「奥方様がご一緒するようになって、旦那様の姿がよく見えて来るようになって、気が付いたんです。もっと旦那様のことを知る努力をしなくてはいけなかったのだって。旦那様が野菜嫌いなのは皆知っています。エメ様が連れて来られた動物たちの世話を手伝うことも知っています。お仕事は将軍。でも、私はお年も知らなかったのですよ。この間、パリッシュさんと話をしていて聞いて、もうびっくりしました。え？　ああ……その、お年よりも少し年嵩に見えてしまっていたので……。あの、申し訳ありません。お咎《とが》めは……ないのですね。よかった……」

「昨晩の火事を広がらないまま抑えられたのは、フィリオ様のおかげです。フィリオ様が率先してくださったから、私たちも動くことが出来ましたし、それはもう心強うございました。火は小さくても危なくないなどということはないのでございます。小さな火の粉でも触れれば痛うございましょう？　軍人様方には些細なことかもしれませんが……いえ、そうでございますね。慣れているのと痛みを感じることはまた別でございました。失礼いたしました。私どもにとって軍人様方はとても逞《たくま》しく頼もしい皆様ですので、つい私たちと同じなのを忘れてしまいがちでした。そうなのでございます。旦那様に対しても、今と同じような感覚でおりました。使用人失格でございますわね。殿下に指示されたことだけでなく、もっと旦那様のことを考えながら働くべきでした」

「でもわかってくださいまし。私どもは皆、殿下や旦那様に感謝しているのです。ご縁があってお屋敷で働くことになりましたが、旦那様はいつだって寛容でした。関心がなかったのだとしても、理不尽なことをお命じになったことは一度もありませんでした。ですから、仮婚のお話が出てすぐ、慌ただしくも私たちに部屋を整えるよう言いつけ、屋敷の掃除を命じられた時、嬉《うれ》しく思ったのでございます。何しろ、誤解からフィリオ様のお姉君がいらっしゃって、フィリオ様もご一緒にお帰りになられた後の旦那様の落ち込み具合は、遠目からでもはっきりとわかる具合でございましたもの。……そうですか。お城でもそうだったのでございますね？　え？　落ち込むよりも不機嫌だったのでございますか？　それは想像出来ます。そういう旦那様のお姿を見て、私どももやきもきしていたのです」

「もう、あんなに嬉しそうな旦那様は見たことがなかったですよ。部下の皆さんなら知っていると思いますが、旦那様のお帰りはそんなに早くありません。なんだかんだ言って、付き合いというものがあるのだと思っていたし、貴族様は夜会だなんだのって頻繁に開催してるって話でしょう？　だから遅いのは気にはならなかったんですよ。他の屋敷の知人に聞けば、お屋敷にいる時間なんてほんの少しだけっていう貴族様もいらっしゃるようだし。偉い人にはそれなりの付き合いがあるってのは、俺たちもわかります。大変だなあと思うだけですけどね。エメ様は早くにお帰りになってましたけど、小さいのがたくさんいるから仕方ないことです」

「フィリオ様とご一緒に住むようになって、旦那様の生活が少し変わりました。フィリオ様と離れたくない一心なのだと思うと微笑ましくあります。お城に行く直前までフィリオ様から離れないし、家を出る時間だってうんと遅くなっているし、そしてお帰りがとても早い。私、一度居合わせたことがあるんですよ。フィリオ様が旦那様を叱っている場面に。体の大きな旦那様が、フィリオ様の前でとても小さく見えました。その時、一瞬黒い尻尾が見えてしまってですね、旦那様が犬になってしまったのかと焦るより納得してしまったんです。尻尾？　見間違いではありませんよ。ちゃあんとありました、二股の尻尾が。はい、旦那様のお側にいたエメ様の尻尾でした。でも、何となく、ぴったりだと思いませんか？」

「偉い貴族様なのに、私たちと一緒に煤《すす》だらけになってくださったフィリオ様には、是非、旦那様との仮婚を恙《つつが》なく終えられて、お嫁入りして欲しいと思います。旦那様もご機嫌になりますし、私たちも働き甲斐があります。王子様とサイデリート様のご紹介で入っている料理人のパリッシュさんだって、きっと私たちと一緒です。旦那様に自分の作った料理を残さず食べて貰うのが使命なんだって言ってましたよ。旦那様、本当にお野菜嫌いですからねえ。フィリオ様が叱《しか》ってくださるのが一番なんですから、お屋敷の御主人として絶対に居て欲しいです」

使用人たちからの聞き取りは長時間にわたった割に、実のあるものは何もなかった。それも当然で、何しろ夜中の出来事である。主の将軍は夜勤で不在の中、屋敷の住人たちはフィリオ含めてすべて眠っていたのだ。しかも、火の手が上がったのは通りに沿った柵側のため、早期発見出来たことの方が驚いたくらいだ。

真っ先に火事を見つけたフィリオでさえ放火された後からのことしか知らない。

火の手が上がったことに他の屋敷の者が気づくのが先か、屋敷の方まで火が回るのが先かという危うい状況だったのは、早めに消火に取り掛かってさえそれなりの樹木が燃えてしまったことからもわかることだった。

エメの遠吠えのような鳴き声は、屋敷の誰もが聞いており、もしもエメが警戒していなければと思うと、フィリオや使用人たちだけでなく、処理に当たった兵士たちもゾッとするものだった。

使用人たちが聞き取り役の兵士にいろいろと話をしたのは、不安から解放された反動の表れだ。それでも内容は、自分たちの上司についてであり、一旦でも私生活の一部を知ることが出来たため、無駄な時間ではなかった。むしろ有意義だった。

残念ながら、仮婚相手のフィリオに対する事情聴取だけは番犬のように側に付き従うウェルナード＝ヒュルケン将軍がいたため、緊張の中行われることになってしまったが。

貴族ではあるが人当たりのよい少年なので、使用人たちのように将軍のことを少しでも話して貰えたらと思っていたのに目論見が外れて、とても残念に思う兵士は多かった。

間の悪いことに、残念な気持ちが表情に出てしまった兵士の一人は、

「フィリオに色目を使う気か」

などというとんでもない言いがかりをつけられ、蒼白且《か》つ涙目になって否定する羽目になってしまった。

「フィリオを見ていいのは俺だけ。見たいなら許可を……いや全部却下だ」

独占欲を隠そうともしない将軍は、それこそ番犬だ。それも軍用犬。そんな獰猛な犬に威嚇《いかく》されてしまえば、将軍に従う羊のような兵士たちは、フィリオを紹介して欲しいなどと言い出せるはずがない。

部下たちの中で最も将軍と話をするサーブル副将

軍でさえ、見せないと拒否されてしまうのだから、一般兵士はせいぜいが窓の側に立っているフィリオの姿をこっそりと眺めるくらいしか出来ない。

流石《さすが》の将軍も、日当たりのよい部屋にカーテンを下ろして日光を遮る真似をするほど横暴ではなかったので可能だったことだ。俗に言う盗み見ではあるが、屋敷に詰めている今くらいしか見る機会はないだろうからと、発覚したら厳罰を与えられるのも覚悟の上で、盗み見を続けるのだった。

兵士の中には歌唱隊にいた頃のフィリオの歌を実際に聞いたことがある者もいて、将軍の屋敷にいる間に歌声を聞くことが出来ればと期待していたが、滞在中に聞くことは出来なかった。

口ずさんでいるような様子は見えているのに、距離が歌声をないものにしてしまっていたせいなのだが、ここでも兵士たちが悔し涙を見せることになった。

しかし、フィリオの真価はこんなものではなかったと兵士たちはすぐに知ることになる。兵士たちだけでなく、それ以外の、その場にいた者たちすべてが、フィリオ＝キトという少年に一目置くことになる。

クシアラータ国に祝日を一つ作ってもいいのでは？　と思ったくらいに、各方面に衝撃と影響を与えたそれは、「ヒュルケン将軍暴発事件」、通称「腕事件」と呼ばれるものだった。なお、通称の方が簡潔にその時の出来事を示しているため、こちらの方が会話の中でもよく使われる。

余談として、火災の後、ヒュルケン将軍が城に行っている間に使用人たちの言葉を聞かされたフィリオは、

「命じられたことだけしかしてなかった、なんて、僕はそうは思いません。だってあのベルさんが、ですよ？　気に入らないことがあると駄々を捏《こ》ねる……ではなくて、ええと、我儘《わがまま》を言うベルさんが、お屋敷にいる人たちに声を荒げたことも手を上げたこともないんでしょう？　それって当たり前のようですけど、すごいことだと思うんですよ。ベルさん、何にも考えていないように見えますけど、繊細なところもあるから、気に入らない人と一緒の屋敷で寝起きするなんて絶対に無理だと思います。あ、その顔は心当たりがあるみたいですね。だから、僕もだけどベルさんもエメも、皆さんに感謝しているし、これからもよろしくお願いしますって言いたいくらい。不機嫌は隠さない人だから、みんなの前で出さないことがベルさんの評価だと思ってくれていいと思います。本当に、手の掛かる人をお世話してくれてありがとうって思います。昨日のことでのお礼とかあるから、後で話をしに行ってきますね」

そう、にこやかに語った。その足ですぐに使用人たちのところに駆けて行き、労いの声を掛けるフィリオの姿と、恐縮しながらも嬉しそうな使用人たちの笑顔は、兵士たちの印象に強く残るものだった。

女主人――ではないが、家令よりも似合う――フィリオが先住人たちに受け入れられたとはっきりとわかった日だった。

腕事件。

事件そのものは単純明快なもので、放火されたヒュルケン将軍が報復をしただけのことだ。場所が城内で、相手が伯爵男爵で、腕を切り落としたとしても、エメが幻獣としての姿を見せていたとしても、出来事そのものは「仕返し」で終わる。

それよりも、騒ぎを聞きつけて集まった人々が驚き、歓喜したのは、臨戦状態だった将軍に歩み寄り、その怒りを鎮めさせた存在のことだった。

あの聖王親衛隊長ですら言葉を届けることが出来なかった将軍の剣の間合いに入り、必死に声を掛けるフィリオ＝キトの姿は、全員の胸を打った。小柄な体を震わせながらも足は一歩も引くことはなく、語り掛け続ける少年。誰も声を発することが出来ない中、

「フィリオ……ッ」

騒ぎを聞きつけてその場に居たルキニ侯爵が息子の姿に声を上げたくらいで、後は黙って見守るしかなかったのが、その時の緊迫した様子を伝えている。

見苦しく喚《わめ》き抵抗する伯爵たち一味の声は騒音の一部で、よくもそんな声を上げることが出来たものだと思う者は多かった。

緊張の糸が途切れた瞬間に飛ぶのが自分の首だとわかっていないのだろうか……？

誰のために聖王親衛隊長が必死に後ろから前に向かう覇気を後ろに引き戻そうと制しているのかを、彼らは何もわかっていない。いや、わかっていないからこそ国王の意向に反し、反将軍派に名を連ねるような愚かな行為に走ったのだろう。

インベルグ王子なら止めることは可能だったはずだが、その手段は十中八九武力行使であり、三宝剣の二人が本気でぶつかった場合に出る被害を考えると、絶対に取れる方法ではなかった。

フィリオ＝キトという僅《わず》か十七歳の少年の細い肩に乗った重圧がどれくらいのものだったのか、想像することは出来ない。

「代わりにやってくれと言われても絶対にしたくな

い。逃げる」

全員の意見はこれで一致していたと思う。将軍を止める側にも手を出せず、もしかしたら中に紛れ込んでいるかもしれない反将軍派も伯爵たちへの助けの手を入れることが出来ず。この状況で反将軍派だと名乗る勇気のあるものはいないだろうから、彼ら側にとっては仕方のないことでもある。

今のヒュルケン将軍を見れば、歯向かう気など根こそぎ狩り尽くされてしまったはずだ。戦場に立つ将軍を見たことがない貴族なら仕方がないことかもしれないが、自分たちより地位が高く、武力の腕も立つ男に対し、どうして報復を受けないと考えないのかが不思議で堪らない。

策を練ったつもりだろうが、簡単に犯人を突き止められるだけの手数を持っている将軍なのに。

フィリオ＝キトの決死の行動は、実を結んだ。将軍に抱き締められるフィリオ、そして思いがけずにフィリオの方から求婚の言葉が発せられ、場は最高潮に盛り上がった。

国王一家は後からやって来た風に見えたが、こっそりと隠れて見物していたことは目敏い者にはしっかりとばれてしまっている。だがそういうところがクシアラータ国民からの支持を得ている理由でもあるのだろう。

フィリオ＝キトの姿は、兵士たちやウェルナード＝ヒュルケン将軍の日常を知っているものたちの心を一つに纏《まと》めることに成功した。

あのヒュルケン将軍を手懐けている！

将軍に言い聞かせることが出来るのはフィリオ＝キトだけ！

さすが歌唱隊の愛し子。

まごうことなき本音だった。

まだ十七歳の少年が、戦闘状態に入った将軍にたった一人で近づき、怒りを鎮めることに成功したのだ。

拍手喝采《かっさい》は当然、出来るならその場に膝をついて頭を下げ、感謝の言葉を述べたかったと思った者も多かっただろう。それくらい、その場の雰囲気の変化は劇的だった。

暗雲立ち込める荒野から、温かな光が降り注ぐ花畑へ。

そんな景色が見えたのだと誰かが口にしても、笑うものは誰もいないだろう。多少の違いはあれど、同じ感覚を共有していたはずなのだから。

将軍の結婚が図《はか》らずも大勢の人々を証人にして約束されたことで、盛り上がった場は少し前までの惨状がなかったことになってしまっているほど、明るいものだった。


その中で、いつの間にか主役たる二人と一匹の姿が消えていることに気づいたのは誰が最初だったか。

「ちっ、逃げやがったな」

舌打ちしたインベルグ王子の行動は早かった。聖王親衛隊長に耳打ちすると、早足でその場を抜け出したのだ。その王子を見送っていたルキニ侯爵が、ハッとしたように笑みを引っ込め、国王へ中座の非礼を詫びると王子と同じように早足で追い駆けていく。

向かう先は言うでもなく、未だ火災の跡が痛々しい森屋敷ことヒュルケン邸である。

とある王子の暗躍と結果

クシアラータ国第三王子インベルグは思う。

（そもそも俺がここまでしてやる義理はあるのか……？）

城から森屋敷へ馬を走らせながら、インベルグの胸の中に過《よぎ》ったのはそんな思いだった。

ウェルナード＝ヒュルケン将軍という男を国外にやってしまうのは、明らかに国益に反するのは理解出来ることだし、そのために骨を折るのは吝《やぶさ》かではない。年下の将軍は我儘《わがまま》だし、無茶な要求をするし、一度言い出したら引かない強情さを併せ持っているし、身分なんかどうでもいいと思っている節もなくはないし……――。

（……よくこんなのと付き合っていられるな、俺）

果たして最初に顔を合わせたのはいつだったか……などと思い返すまでもなく、ウェルナード＝ヒュルケン少年のふてぶてしい顔はしっかりと覚えている。

（あの生意気なガキがそのまま真っ直ぐ大人になったんだから、変わるわきゃあないが）

それにしても変わらな過ぎだと嘆くインベルグは、自分も似たようなことを親兄弟含む周りから思われていることに気づいていない。

性格に違いはあるが、似た者同士の問題児として一括《くく》りにされてしまうのも、周囲からの判断によるものなのだから、インベルグの自覚が足りないだけとも言う。

彼ら二人を良く知る国王夫妻とキャメロンの日常会話の中に必ず一度は出て来るのも、三十歳に手が届きそうな年齢になってなお子供のような彼らから目を離せない心情の表れでもある。どちらにとっても、まだまだ手のかかる可愛い子供なのは間違いない。

「後でインベルグにはご褒美あげなきゃいけないわね」

母である国王が夫に漏らした台詞にも、子供に対する甘さが滲み出ていた。

インベルグがこの結婚に果たした役割は非常に大きく、その褒美の価値を上回る貢献をしているのは、厳しい目を向ける乳兄弟《ちきょうだい》のサイデリートも認めるところだ。

とにかく忙しい日々だった。

（特にフィリオ＝キトの姉だ。あれの始末が一番面倒だった。もう二度とあの女の相手はごめんだ）

我儘なヒュルケン将軍はまだいい。フィリオが来るのを受け身で待つだけの楽なものだ。

（そもそも俺が間に入らなかったら、絶対に話は進展も何もしてないはずなんだから、もっと俺を敬《うやま》っていいくらいだぞ）

それを心の中で呟くだけに留めておけるなら、インベルグの評価も多少は上がったかもしれないが、隣にいるのが気安い乳兄弟と来れば口も軽くなる。

案の定、思ったままを告げれば、これ見よがしな溜息《ためいき》と一緒にいつものように冷たい視線が飛んでくる。

「どういう意味だ、その溜息と目は」

「どういう意味も何も、呆れているのをこれ以上ないほど示しているのがわからないと？」

「どこに呆れる要素があるってんだ!?」

「それがわからないからこうして呆れているんですよ。ちょっと王子、あまり話し掛けないでください。王子と違って私は馬に乗り慣れていないんです」

「どうせ行き先は一緒なんだ。後から追いつけばいいだろうが」

「そんなこと出来るわけありませんよ。あなただけ先に行かせてしまったら、どうなるかわかったものじゃない。それに、ルキニ侯爵も」

サイデリートの言葉に後ろを振り返れば、勢いよく掛けて来る馬車がある。

侯爵家の馬車ではないが、自分たちの後を付いて来るとすればフィリオの関係者しかない。一瞬、将軍排斥派が城の騒ぎを聞きつけて襲撃に出て来たのかとも考えたが、馬車が一台だけで後から援軍が来る気配がないことと、窓から出されている袖《そで》に侯爵家の紋をつけたボタンが見えたことで、ルキニ侯爵もまた森屋敷へ行こうとしていることを確認した。

それでも急ぎたかったインベルグではあったのだが、

「先に行きすぎると追われているようにしか見えませんよ。今だってほら、皆さん、道の端に避けているじゃありませんか。一緒にヒュルケン将軍のところへ行くのが賢いですよ」

サイデリートが言うように、城門を出てすぐに駆け出したインベルグの剣幕に、善良な王都の民は馬に蹴られるのは遠慮するとばかりに、壁に身を寄せるようにしている。

「それに、そんなに険しい顔だと、戦でも始まるのではないかと誤解される元です」

「お前、それが乳兄弟に言う台詞か？」

「乳兄弟だからこそですよ。他の方は王子の身分に遠慮してしまいますし、陛下や姉君方から言われたところで流してしまうのが王子です。私が言わずに誰が言うというのです」

「ヒュルケンがいるだろ。それにナイアスもだ。ヒュルケンは無関心なことの方が多いが、ナイアスは口喧《やかま》しい」

　馬の速度を落としたおかげで、ルキニ侯爵が乗った馬車はすぐに横に並んだ。

「インベルグ王子、ありがとうございます。将軍の屋敷へ行くのですよね」

「ああ」

「私もフィリオの口から直接結婚の意思を確認する必要があります」

　それに、と少し表情を曇らせて続けかけた侯爵の台詞をインベルグは横から奪った。

「ヒュルケンのことだろう？」

「ええ。今日のようなことが絶対にないとは限りません。あの子も将軍と国の事情は知ってはいますが、危害を与えられることに対しての構えが出来ていたわけではないでしょうから、その覚悟も含めて直接息子の口から聞きたいのです」

「覚悟ねえ……」

　インベルグは顎《あご》に手を当て、肩と眉を上げた。

「それならとっくにフィリオ＝キトの中にあるだろ。そうでなきゃ、あの場であんなことが出来たはずもない」

　ふわふわした髪がそう印象付けるのか、穏やかで優しいと形容されることが多いフィリオだが、その芯は強い。

　それこそついさっき、インベルグ自身がフィリオの強さを実感したばかりだ。

「あの状態のヒュルケンに自分の足で近づいて話し掛けた時点で、もうフィリオ＝キトの中ではすべてを受け止める覚悟が出来ていると俺は感じた」

「そうなのですか？」

「ああ。足は震えていたけどな、心の方が先にヒュルケンの方に歩き出していた」

ルキニ侯爵は、笑みを浮かべて何度も頷いた。

「そんなに強く思えるほど、フィリオは将軍のことを……」

「俺もフィリオ＝キトには感謝だな。ヒュルケンの意志は固くても、フィリオ＝キトが受け入れてやる義理はない」

「よく言いますね。私の目の前であの子を攫《さら》って行った方の言葉とは思えません」

本当の仮婚相手がフィリオだとわかった日、インベルグは堂々と儀礼庁に乗り込んで、堂々と父親の前から息子を連れ去った。

「いいじゃねえか。結果はいい方に転がったんだ。細かいことは気にするな」

「気にしないわけありませんよ」

「そもそも、あの二人はどうやって知り合ったんだ？　お前の紹介というわけではないんだろう？」

「ええ、違います。私も二人が知り合っていたことを知って驚いた側なのですよ」

「補給部の娘が間に……」

インベルグは口を閉ざして首を横に振った。

「ないな。絶対にないな。あの女が自分の獲物を他のやつに紹介なんかするわけがない。狙った相手は自分のものと考えるのが、クシアラータの女だ」

酷《ひど》い言われようだと他国から来た人は眉を顰める だろうが、実際にそうなのだから仕方がない。

「失礼ながら私もインベルグ王子と同じ考えです。将軍本人に突き放されても、妻として隣に立つことを諦めようとしなかった方ですから」

馬車の中のルキニ侯爵の形のよい髭《ひげ》が、艶を失ってしょんぼりとする。

「アグネタについては王子にはご迷惑をおかけいたしました。サイデリートにも、面倒な仕事を増やしてしまって申し訳ないことをしました」

頭を下げた侯爵に、サイデリートが慌てる。

「私は王子様方に夜会の話をして、初回にお嬢様を紹介しただけです。面倒でも何でもございません」

サイデリートが涼しい顔で侯爵に答えるのを聞きながら、

(確かにこいつは面倒ごとだとはちっとも思ってないだろうな。あの女も仲介するサイデリートの前では強く出ることもなかったし)

思えば兄や弟たちも、特にアグネタに手を焼いたとは言わなかった気がすると思い出し、インベルグは眉を寄せた。

我はそれなりに強いものの、少年の頃から軍隊にどっぷり浸かっていたインベルグと異なり、他の王女王子たちは卒なく社交界で立ち回る術を身に着けている。アグネタのような結婚願望の強い若い娘など容易《たやす》いもので、これまで星の数ほど似たような娘たちの相手をして来た彼らが手を焼くはずがないのだが、自分基準で考えてしまうインベルグには、兄弟たちの社交術が少しばかり恐ろしくもあった。

そしてその娘の父親に対しては、憐憫《れんびん》の情が浮かんでくる。

「……ルキニ、お前も大変だな」

「ここはありがとうございますと肯定すればよいのか、大変ではありませんと否定すればよいのか、どちらの方がいいのでしょうね……」

馬車の中で侯爵が悩んでいる間に、森屋敷が見えて来た。

「さっき一度来た時には感じなかったが、まだ焦げ臭いな」

スンと鼻で嗅《か》ぐまでもなく、木々が燃えた後の特有のにおいが風に乗って流れて来る。

放火の報せは入っていたが、今朝は森屋敷に出ていなかったサイデリートの秀麗な顔が少し歪んだ。

「こういう状況になっていたのですね」

「俺もまだ現場を見ていないから、実際にどれほどの規模だったのかはわからん。小火で済んだとは聞いたんだが」

「フィリオ様は心細かったでしょうね。ヒュルケン将軍は夜勤で不在でしたし。そのまま泊まっておけばよかったと少し後悔しています」

「お前が居たって火は付けられたんだ。居ても居なくても同じことだろ」

「違いますよ。その後の仕事があります」

インベルグは宙に視線を向けた後、敢えてサイデリートの方を見ることなく呟いた。

「その仕事ってやつはきっとフィリオ＝キトがやったんだろうよ」

と。

門を抜けて森の中を馬と馬車が進む。いつもなら静かな中に鳥の鳴き声が聞こえて来るヒュルケン邸の森の中は、忙しく歩き回る兵士たちの声が聞こえ、姿が見え隠れしていた。

インベルグの姿を認めると頭を下げて挨拶《あいさつ》はするが、作業の手を止めることはなかった。

普段とは異なるその光景にサイデリートも侯爵も口を開かないまま、屋敷の玄関に辿り着く。

ここからまた新たな、そして激しい口論が起こることをこの時点では誰も予想だにしていなかった。


森屋敷での戦いは、ヒュルケン将軍の側の勝ちだった。自分の欲望——フィリオとすぐに結婚して一緒に暮らすという目的を達するために、将軍は回り道をすることはなく、最初から最後まで直球だった。

しかし、そこでインベルグの仕事が終わったわけではない。もしかすると今までで一番困難なことを引き受けてしまったかもしれない。

そっと心に忍び込んだ後悔の塊を、しかしインベルグは一切顔にも態度にも出さなかった。直情型のインベルグにしては珍しいことに、二十余年にわたる王子生活の中で身についてしまった「本音を隠す」という習性が、出てしまったのだろうと思われる。

結果だけ見れば、途中のインベルグの行動は何の意味もなかったことになる。

ルキニ侯爵やインベルグ、果てはフィリオまでもが将軍に再考を促すよう求めても、自分の意志を貫き通した。

「――だからな、これまでの仕来たりや慣例はこの際全部無視して、ヒュルケンが求める通りに動けばいい。そうすればうちのババアも喜ぶし、ヒュルケンも喜ぶし、フィリオ＝キトはどうかわからないが、とにかく、大多数が満足する結果になるんだ。だから」

「……インベルグ、それが人にものを頼む態度だというのか？　それに何度も言うが、陛下のことを汚い言葉で表現するな。陛下もしくは母上とお呼びしろ」

「……面倒くせぇやつ……」

ぼそっと呟いたつもりだったのだが、静謐《せいひつ》な空気が漂う聖王神殿では、そんな小さな声も大きく聞こえてしまう。

しかも反響が無駄によいせいか、

――めんどくせえ……めんどくせえ……くせえ……せえ……

こんな感じで同じ台詞が何度も繰り返される。しかも繰り返されるうち、終わりの部分だけがはっきり聞き分けられるようになってしまっている。

「くせえ……って……」

「お前のせいだろうがインベルグ！　場所を変えるぞ、ついて来い」

たまたま聖王親衛隊長ナイアスがいたのが聖堂だっただけで、インベルグもわざとではないのだが、こういうことになってしまっては大人しく従うより仕方がない。

幸いなことに聖堂は二人以外誰もいなかった。もしも親衛隊士か神官がいたならば、神聖な場所で大きな笑い声が響いたかもしれない。そうなっていたら、しばらくナイアスは口をきいてくれなかっただろうから、運がよかったと思うことにするインベルグであった。

辿り着いたのはナイアスの仕事部屋で、両隣がそれぞれ神殿関係の庶務を扱う事務室、片方が聖王親衛隊の事務室という、さっさとヒュルケン将軍とフィリオの婚姻の儀式の日取りを決めてしまいたいインベルグにとって、絶好の配置だった。

（ナイアスを攻めて承諾させればすぐに隣の神官連中に署名させて、日程を捻じ込む。当日は親衛隊も警備に当たるだろうから、その計画もすぐに立てられる。あとはどこが空いているかだな）

ナイアスには情に訴えても意味はない。フィリオのような純情を全身で表している少年なら効果はあるかもしれないが、インベルグ自身がそれを行おうものなら、即座に神殿から追い出されてしまうのは目に見えている。

可愛《かわい》げは皆無、情よりも力で解決しながら歩んで来たインベルグの人生において、情に訴えたり媚《こ》びたりするという技は邪道でしかない。媚びるくらいなら裏から手を回して策を練る。確実を手にしようと思うなら、信じられるのは自分しかいないという自負があるのだ。

ナイアスがゆったりと背を背凭れに沈めた。

「お疲れのようだな、ナイアス」

「当たり前だ。誰のせいだと思っている。庭園でのあの騒動、まだ完全に調べが終わったわけではないぞ。全部私に投げて寄越したお前にだけは言われたくない台詞《せりふ》だ」

「文句を言うならヒュルケンに言え。全部ヒュルケンが中心だ」

「ヒュルケン将軍が理由であり原因であったとしても、ヒュルケン将軍が不在で、しかも貴族たちを巻き込んでの城内での事件に、軍人であり、国軍副総裁のお前がいないのはおかしいだろう」

「国軍総裁がいただろ。上がいるなら副は黙っているのが礼儀だ」

「礼儀を外れた言動ばかりするお前に言われてもな。──それはいいとして、用事があって来たのだろう？　昼間の騒ぎの件ではないと踏んでいるのだが」

「当たりだ」

「──それで、今度は私に何をさせるつもりだ。どうせまたヒュルケン将軍に関係することだと予想しているのだが」

「それも当たりだ」

凄い凄いと拍手をすれば、キッと睨まれてすぐに膝の上に手を置いた。

「ふざけるのなら私は仕事に戻るぞ」

「ふざけているわけじゃないんだがな」

「ではなんだ」

「ヒュルケンとフィリオ＝キトの儀式を神殿の方の予定に入れて貰いたい」

またろくでもないことを言い出すのではないかと身構えていたナイアスは、

「ああ……それがあったな。あの子が結婚の意思を固めたのなら、確かに早い方がいいだろう。今日みたいなことが何度も起こってはたまらない」

「お前もそう思うだろう？」

我が意を得たりとインベルグはニヤリと口角を上げた。フィリオの言う、

「インベルグ王子は笑った顔の方が怖いんです」

の顔だ。

付き合いの長いナイアスは慣れたものなので特に文句を言うことはないのだが、事実として「怖くない」とは絶対に言えないとは思っている。

「婚姻の儀式は毎日そこそこ行っているから、さていつが空いているか」

ナイアスは立ち上がると神官たちがいる方の隣に声を掛け、分厚い帳面を持って来させた。そして再び椅子に座って、予定を確認する。

「どうだ？」

「うん、最短で十七日後なら空いている。空きが出たというのが正しいか」

インベルグは興味深そうに眉を上げた。

「破局か？」

「いや、夫の人数が当初の予定より二人増えたせいで、予定していた時間では儀式の流れが急ぐことになる。それでももっと余裕のある日を選び直したせいで空いてしまった」

話を聞きながら顎に指を添えていたインベルグは、おぼろげな記憶から該当者の名を導くことに成功した。

「マグダレイア子爵夫人か」

既に三人の夫がいる女性だが、最近浮名を流して

いるのをアグネタの件で夜会に出た時に噂として聞いていた。

「一時期ヒュルケンにも色目を使っていたが、諦めたのか。なるほどな。それで憂さ晴らしも兼ねて、盛大な儀式にしようとしたんだな」

「……インベルグ。推察するのは勝手だが、貶《おとし》めるようなことは口にするな。それに儀式は神聖なものだということを忘れて貰っては困る」

「相変わらず固いな、ナイアス」

「お前が、いやお前とヒュルケン将軍がいい加減なだけで、私は至って普通だ。それで、その空いた日でいいのか？　昼の一番目だからそれでよければ押さえるぞ」

　ペンを持ったナイアスに促されるが、インベルグは首を横に振った。

「ただ日取りを押さえればいいってわけじゃないんだな、これが」

「別の条件でも？　朝の方がいいのか？　それとも夜か？　ここを空けた夫人のようにもっと長く時間を取れるものなら取った方がヒュルケン将軍の立場と列席者の顔ぶれを考えるといいと思うのだが」

「そこに掛ける時間が長ければ長いほどいいのは同意だ。丸一日を使えるなら、それが一番いいんだが」

「そうなると、あと半年は待たなくてはならなくなる。ヒュルケン将軍に残された期限にその猶予はあるのか？」

「たっぷりではないが、そこはまだ大丈夫だ。期限的な部分ではな」

「他の条件は？」

　よくぞ聞いてくれたとインベルグはずいと体を前に乗り出した。

「明日、もしくは明後日。この二日の間にヒュルケンとフィリオ＝キトの本婚の儀式を成立させる」

　ナイアスは黙ってインベルグの顔を見つめた後、緩く首を振った。

「無茶を言うな、インベルグ。もう夜になる時刻だぞ。つまり明日はもうすぐやって来る。そんな中に入れられるほど儀式は軽いものではないぞ」

「俺だってそれくらい理解しているとも。だがなナイアス、これはヒュルケンのたっての願いであり、俺もルキニ侯爵も、国王陛下もそれを求めているんだよ」

「陛下もか？」

「ああそうだ。むしろ一番強く希望しているのはババ……クシアラータ国王だろうな。ヒュルケンが最たるものなのは言うまでもないことだがな！」

「しかし、いくら陛下の命令であったとしても、他の人たちに皺寄せが行くのは困る」

「そこを何とか」

「それが無理だと言っているんだ。朝から夕方までのどこに儀式を入れる時間がある。お前のその目で予定表を見てみろ」

　ナイアスに持っていた帳簿を眼前に押し付けられ、慌てて一歩引いて隅々まで見ても、隙間などないに等しい。神官の体が保つのかどうかも若干不安だ。

「神官は持ち回りで担当しているが、ヒュルケン将軍の場合は神殿長以外が儀式を行うのは、神殿がウェルナード＝ヒュルケン将軍を蔑ろにしていると印を押すことと同義になる」

「神殿長がやるんだろう？　姉上の時もそうだった」

「その神殿長が明日は王都にいない」

「明後日はいるのか？」

「午後遅くには戻られるが、そもそも儀式で全部埋まっていると言っただろう。神殿長がいても希望に沿うことは出来ない」

「そこを何とかするのがお前の役目じゃないのか？」

「……インベルグ、お前は私を何だと思っている。儀式を受け付けるのは親衛隊がすることではないんだぞ」

「お前なら出来る」

「根拠のない断言をするな。大人しく十七日後を待て」

インベルグの表情が険しくなる。

「どうにか捻じ込め。神殿関係者はフィリオ＝キトの歌を気に入ってるっていうじゃねえか。フィリオ＝キトのために神殿長に圧力を掛けさせてだな」

「帰れインベルグ」

友人の冷たい視線に刺され、居心地悪そうに身じろぎしたインベルグだが、日程を捻じ込んで来ると自信満々で森屋敷を出た手前、失敗は受け入れられない。王子としての沽券《こけん》と、インベルグの矜持《きょうじ》がそれを許さない。

深く息を吐いて心と頭を落ち着けたインベルグは、先ほどのナイアスと同じように深く腰掛け、これ見よがしに足を組んだ膝の上で手を組み、ナイスへ宣言した。

「俺は何が何でも明後日までにヒュルケンをクシアラータの民にしてやる。お前の理論と神殿の状況はわかったが、ここで引いては三宝剣の一人の名が廃る」

「……奇遇だな、インベルグ。私も三宝剣の一人として無理を受け入れるつもりはない」

二人の視線の間にバチバチと火花が散った。

「いい度胸だ、ナイアス。泣かせてやるよ、お前を」

「出来るものならやってみろ。力で解決できる問題ではないというのを理解させてやろう」

そう、互いに睨《にら》み合い、夜通しでも議論するつもりだった二人だが、

「フィリオ＝キトの儀式か。それならば問題はない。私が儀式を執り行おう。明日は無理ですが明後日の夜はいかがです、インベルグ王子」

笑顔で部屋に入って来た神殿長の言葉により、時間外の誓約の儀式が行われることになったのだが、珍しい陽が落ちてからの婚礼は、松明やランプや蠟燭などの灯りに彩られ、とても荘厳で、幻想的な光景だった。

そこにフィリオ＝キトの歌声が混じれば、その時だけ天上にある別の場所にいるのではという錯覚を起こすに十分だった。

水面下では、国境へ向ける派兵の準備が進められてはいたが、その合間を縫って兵士たちが押し寄せたのには驚いた。

国境が脅かされているという情報を将軍に知らせたのは式が終わった後で、その時ばかりは申し訳ないと心の底から思った。

だから、

「初夜は絶対に成功させて来いよ。いいな。お前の嫁が、お前がいない間も浮気しないように、存分にお前の男を教えてやれ。だからと言って、無茶な抱き方も無茶な挿入も駄目だからな。お前の方がフィリオ＝キトよりも年上なんだから、威厳を見せろ。欲望と愛情のすべてを叩きつけて、お前一色に染めて来い。わかったな」

流石の将軍も神妙に頷いていた。

翌朝、すっきりした顔の将軍を見ただけで、インベルグはわかってしまった。ヒュルケン将軍が男と

して大きな仕事を終えて来たことを。

　インベルグは肩を叩いて、耳元に口を寄せて囁いた。

「で、どうだった？」

　将軍は少し考え、インベルグの手を払い除けながら言った。

「俺に触るな。フィリオの匂いにインベルグの臭いが混じってしまう。それから質問の答えだが――」

　好奇心を丸出しのインベルグの頭を見送りに来たナイアスが軽く叩いた時、ウェルナード＝ヒュルケン将軍の顔に、笑みが浮かんだのをその場にいた全員が目撃した。

「誰にも教えない。秘密だ。フィリオは俺だけの嫁だから」

　すっきりと背筋を伸ばし、集団の中に混じっていった将軍の背中にインベルグは大きく声を掛けた。

「それなら早く戦を終わらせないとな。お前の嫁のために」

　その台詞はウェルナード＝ヒュルケン将軍が発奮するには十分な威力を持っていた。

守るべきもの

「……ん……」

眩しい光が目に入り、ベルは薄っすらと瞼《まぶた》を開いた。肌に直接触れる敷布と掛け布団は、二人分の体温があるせいか、仄《ほの》かに温かい。

鼻先を掠めるように白銀の髪が朝日を受けて煌《きら》めいていた。裸の胸に手を置いて、鼻先をベルにくっつけるようにして眠っている最愛のフィリオ。

毎日一緒に寝ることが出来るのなら、例え寒い冬が来ても今と同じように肌と肌を合わせて眠りにつくだろう。

熱情が迸《ほとば》る熱さと、心が乱れるほどの愛しい思いを、昨夜も全身でフィリオに伝えた。肌を触れる指は未だに震えることがある。口づけると、自分の中でだけ呼吸して欲しいと願うあまりに、フィリオに窮屈な思いをさせてしまうこともあった。

それに——。

(フィリオは小さい。どこも全部が小さくて、甘い)

体格差というのはあまり気にしたことはなかったが、自分の腕の中にすっぽり収まるフィリオを知ってからは、この大きさが自分にはちょうどいいのだとわかった。

可愛《かわい》いフィリオは、どこもかしこも小さくて可愛い。

フィリオは「小さい」ことを恥ずかしそうにしていたが、ベルが触っただけで勃《た》ち上がるそれが恥ずかしそうに涙の滴《しずく》を垂らすところまで、フィリオ本人にそっくりだと思う。

ベル自身の陰茎とは全然違う。同じ人間、同じ男だとは思えないほど、ベルのものと比べて違う。

太くて大きくて熱いベルの陰茎に対し、フィリオのは手ですっぽり覆われるほど細くて小さい。だが、ベルの口の中に入れるにはとてもいい大きさなのだ。

ぱくりと咥《くわ》えた時に、口の中でぴょんと跳ね上がり、口蓋を叩くのはちょっとしたベルの楽しみになっている。

フィリオの陰茎はベルの口専用だ。長さもベルのものほどではないので、喉の奥まで余裕を持って入れることが出来る。

舌で舐めると滲《にじ》み出て来るフィリオの甘い甘い蜜は、ベルへの褒美だと思っている。

肌を全部舐めて、裏も表も、足の指先まで丁寧に舐めるベルを、時々フィリオは制止しようとする。

「も、恥ずかしいから……それ以上はや……」

だがインベルグは言っていた。

「いいか。閨《ねや》の中で相手がいやと言っても、それは嘘だ。いい、もっと、というのを口にするのが恥ずかしいあまりに反対の言葉が出てしまうだけなんだ。だから、もしも、やめてとか駄目とか言われても、真に受けるんじゃないぞ。もしも真に受けてお前が途中で止めてしまったら、次はもう二度とないと思え。可愛い嫁をずっと自分だけのものにしたければ、体でお前を覚えさせろ」

インベルグは「形を教え込ませろ」と言っていた。

形――それはベルの陰茎の形だ。鍵穴の鍵のように、絶対にそれ以外は合わないように、フィリオの体の中にベルの形を埋め込んでしまうのだ。

だが、最近ベルはそのことで少し悩みがあった。

それは――。

「……はぁ……はぁ……あん、ん……っく、あっ、あっベルさんっ、ウェルナードッ、どうして大きくなる……のっ……んっ、や、あんまり大きくしない、でっ」

フィリオの可愛くて小さくて控え目な尻の穴に入れて動かしていると、大きさがどんどん変わっていくのだ。

インベルグの助言で、フィリオに負担が掛からないように、完全に大きく育ってしまう前に穴の中に差し込めとは言われていたのだが、それを差し引いても大きくなり過ぎるように思う。

あまりにも大きく育つものだから、病気ではないかと心配になって、ナイアスにどこで治療を受けたらいいのか尋ねに行ったこともある。

その時は、

「ヒュルケン将軍……私は専門家ではないからその辺りのことはよくわからないのだが、病気ではないと思う。一般的な現象ではないのだろうか」

「専門家なら大丈夫なのか？　専門家は……インベルグ？」

「違う。いや、だがあながち間違いではないのか……？」

ナイアスが悩み始めたため、そのまま放置して帰って来たが、フィリオの中に入っている時以外は、ベルの陰茎も下を向いたまま肌着の中に納まっているので、病気ではないというナイアスの言葉は信用してもいいと思う。

それに、大きいのがいいのだ。フィリオの中はとても窮屈だが、それがいい。ぐいぐい締め付けたり絡んだりして、ベルの陰茎は毎回大変な思いをしてしまうが、締め付けられると、背筋に何かが走ったような刺激が生じ、頭の中が真っ赤に染まって激しくフィリオの中を突きたくなってしまう。

これが誘っているということなのかと何となく気づいたのは、国境沿いから戻って来て何度目かにフィリオに陰茎を差し入れて腰を動かしている時だった。

フィリオが、

「や、ベルさんのがっ、大きすぎて、ぼくっ、おかしくなりそう……っ」

後ろから覆い被さるように抜き差ししていた最中に、急に締め付けられて、射精してしまうかと思ってしまった。

「早いのは離婚の一番の原因だ」

インベルグの言葉を聞いていなければ、そのまま中に自分の種を吐き出していたかもしれない。何とか耐えきったものの、相変わらずフィリオの締め付けはきつく、このままでは「早漏」になってフィリオに嫌われてしまうことを恐れたベルは、フィリオの中から陰茎を出そうとしたのだ。

だが、そこで掛かったのが「待て」の声。もしかしたら「待って」だったのかもしれないが、フィリオの命令は絶対だ。ベルは中途半端に差し込んだまま、止めてしまった。

穴がぐいぐいと締め付けるのもなかなかに気持ちよかったが、

「やだ、いかないで……」

というフィリオの懇願《こんがん》に、再び陰茎の出し入れを続けることになった。ぐちゅぐちゅという音がいやらしく、純情なフィリオはいつも真っ赤になる。わざとしているわけではないのだが、上等な油も一緒に混じっているからだと思う。

あの時のフィリオは可愛らしかった。

後ろから圧《の》し掛かるベルを肩越しに振り返る顔は上気して、赤く濡れた唇と、そこから覗く真っ白な宝石のような歯は、色香に染まっていた。仰け反った背中、ベルの方へ突きあげた尻。

フィリオ以外がすれば媚《こ》びているようにしか見え

ない格好でも、愛する人なら別だ。

尻に齧《かじ》りついて歯型をつけたかったが、フィリオが抜くなというので、終わってから思う存分に齧らせて貰《もら》った。

果てたフィリオは無防備で、ベルの前に宝物のような体を投げ出している。体の中からするベルの匂いは、フィリオがベルの嫁だと誰もが分かる印だ。体を寄せ、体を舐め、自分の匂いを擦り付ける行為は、エメが小さかったベルによくしてくれたことだから、やり方は覚えている。

首筋や耳の裏は念入りに舐めておかなくてはいけない。フィリオに手を出したら、ウェルナード＝ヒュルケンが相手になるぞという威嚇《いかく》と、手を出すなという牽制の意味を込めて。

ベルは常にフィリオに自分の匂いを纏《まと》ったままにしていて欲しいのだが、フィリオはそれを嫌がる。

だから、フィリオの中にたくさん出して、フィリオにもたくさん出させた後は、フィリオの世話をするのはベルの役目だ。

フィリオの中に注いだものを出してしまわないといけないのは残念だが、零れそうで恥ずかしいというフィリオの意見と、

「これだから童貞が長過ぎた男は……。女と違って男の場合は、中に入れたままだったら腹を下すぞ。どうせお前のことだから、抜かずに何発もやってるんだろう。出してやれ、お前が。嫁が恥ずかしがるかもしれないが、夫の役目だ。遂行するのが甲斐性《かいしょう》だ。いいか。くれぐれも、中に入れたままにしておくなよ」

インベルグにしては珍しく真面目な忠告だったから、ベルはしっかりと守っている。意識のないフィリオはベルの思うがままだが、意識がある時には処

置をしているベルの顔を見ないように、手の甲で横を向いた顔を隠して真っ赤になって声が出るのを我慢している。とても可愛い。

寝転がったフィリオの足を立てて大きく広げ、その間に陣取ったベルの指がフィリオの尻の中に埋もれるたび、押し出されてコポコポと白い液が出て来るのを見ていると、いつももう一度中に陰茎を入れたいと思ってしまう。しかし、フィリオの体力も考えて欲しいとナイアスやインベルグに言われたこともあり、一応は守っている。

ベルの太くて浅黒い立派な陰茎が自在に動いていただけに、内部は柔らかくしっとりと指に絡みつく。尻の穴は割とすぐに閉じてしまうのだが、中の温かさはまた別だ。

処理の間に勃起しなかったことはない。フィリオのためにも、ベル自身も、ベルの陰茎も立派で頑健でなければならないから、困ることではない。困っているような顔をするのはフィリオだけだが、時々視線が陰茎に注がれているから、おそらく照れ隠しなのだろう。

昨夜もフィリオは愛らしく乱れた。久しぶりに膝の上に座らせて、下から突いてやったのだが、

「あ……あっ……あん……」

というフィリオの声が楽曲のように素敵だったので、そのまま三回射精して、抜かないまま寝台に入ってしまったのだ。だから、今は抱いているフィリオの体だけでなく、フィリオの中にいるベルも温かい。

フィリオを抱いているため触れられない髪の毛に、口づける。

昨日から休みで、今日もまた休みなのはとても嬉しい。

フィリオとずっとこうして抱き合って過ごすことはベルにとっての悲願だったのだ。いつもいつも邪魔が入るばかりで、ゆっくりとフィリオと過ごす時間を持てたのはまだ片手で数えるほどしかない。

もしも今、戦が始まったと伝令が来たならば、即座に戦場に赴いて殲滅《せんめつ》を指示するだろう。

フィリオとの時間の邪魔をするものに掛ける情けはない。

「……ん、ベルさん？　おはよう？」

淡い桃色の瞳が瞼の下から現れ、ベルの顔を見て舌足らずに言う。

「おはよう、フィリオ。まだ陽が昇ったばかりで、起きるには早い。寝ていろ」

体を抱き寄せると、

「ん」

と鼻に掛かる声を出して、また胸にすり寄って来る。

半覚醒状態だったフィリオは、ベルが背中を撫でるとすぐにまた寝息を立て始めた。自分の中にまだベルが入ったままだったことには気づいていないらしい。

今のベルの陰茎は大人しい状態なので、動くとフィリオの中からするりと抜け出してしまうだろう。だから、ベルも動かずに、最初に目に入った光の元を首から上だけ動かして探した。

「……あれか」

観察眼に優れたベルの目は、すぐに窓辺の化粧箱の前に置かれた宝石を見つけた。光に輝いて白く見える黄緑色の宝石と淡い青の宝石が混じる細い腕輪。フィリオが婚礼の時に身につけていた装身具で、フィリオの実父からの贈り物。

そのことを淡く微笑みながらベルに話してくれた

フィリオを、世界で一番幸せな嫁にすると改めて誓ったベルは、今、キラキラと輝く腕輪を見て、昔に同じような光景を見たことがあると思い出していた。

それは十年前の大戦。

多くの戦死者を出しながらもクシアラータ国の勝利に終わった戦い。

十七歳のウェルナード＝ヒュルケンが初めてクシアラータの兵士として参加した戦い。


――シス国の王子殿下の従卒ではなかったのか？

――違う。従卒じゃない。

――それでは志願して出て来たと？

――いけないのか？

――いや、いけなくはない。一般兵を募るくらいには人が不足していたからな。しかし……。

――だから俺が来た。王子も行っていいと言ったぞ。

――本当に？

――本当だ。……守りたいものもいる。

――恋人か？

――恋人じゃない。俺が大人になった時に嫁にする子だ。

――なるほど。そういう人がいるなら、戦場に出ようと思うかもしれないな。

――お前は？　お前は軍人だから来たのか？　師団長なのだろう？

――師団長ほど偉くはないが、まあ似たような役職ではあるかな。

――前に出る必要はないと思うが。

――いや前に出なくてはいけないだろう。圧倒的に我が国が勝っているというわけではないからな。戦えるものは全員が一兵卒と同じだ。

――その考えは嫌いじゃない。

――ありがとう。それに俺も守りたいものを国に残して来たからな。

――恋人か？

――妻と子だ。勝気な妻と、可愛い息子がいるんだ。

――それなら負けるのは無しだな。

――ああ。目に涙をいっぱい溜めて見送ってくれたあの子の顔を最後にしたくない。

――俺が守ってやってもいい。

――君が？

――言っておくが俺は強いぞ。

――それは頼もしい。

――嘘ではない。本当だ。あと五年、いや十年で俺は上に立つ。そしてあの子と国を守る。

――本気か？

――本気だ。

――そうか。それならもしかすると、俺が君の配下にいるかもしれないということか。

――顔見知りでも贔屓《ひいき》はしないぞ。俺は厳しい。

――そんな気は最初からしていた。だが、先を見据えるその考え方は気に入った。俺に娘がいれば婚約者にして将来の舅《しゅうと》の場所を確保しておくことも出来るが、生憎、俺の子は息子だけだ。

――要らない。俺にはあの子だけでいい。

――俺の子は可愛いぞ。自慢の子だ。

――俺のあの子も可愛い。自慢の……嫁だ。


笑いながら銀髪をかき上げた男の腕に似たような腕輪が収まっていた。

友人が呼びに来たと笑顔で去った男の顔と、見知った人物の顔が微かに重なって見える。

だからどうだと問われても、過去に戻って確かめる術《すべ》はベルにはない。

体格も違う。年齢も違う。文官と軍人で雰囲気も違う。

それでも、もしかしたら――と思う。

もしもあの時の男がそうなのだとしたら……。


ベルはフィリオを抱く腕に力を込め、朝日の方を向いて言った。

「お前の息子は俺が嫁にした。だからお前は予定通り俺の舅だ。だから、安心しろ。俺は強い。俺は負けない。フィリオは俺がずっと守ってみせる」

揺らめいた光に、大柄な男の姿が薄っすらと重なったような気がした。

あとがき

朝霞月子《あさかつきこ》です。こちらは、同時発売の「将軍様」二冊目「新婚中」のあとがきです。

一冊目のあとがきには怪我のことを書きましたが、実は引っ越しをしまして、実家から出て念願の一人暮らしをはじめています。快適です。何が快適かと言いますと、部屋が広くなって贅沢《ぜいたく》に使えるため、本やプロット、資料にその他を机の周りにたくさん置けることです。元々かなり広い机を使っているんですが、その上にも文房具やらマグカップやらが置かれ、カレンダーにスケジュール、メモとして使う付箋《ふせん》がキーボードや机にペタペタ貼られていたりと、写真にとったら場所の無駄遣いなのが一目でわかる様子です。でもこれがいい。必要なものが椅子《いす》を立つことなく、手に届く範囲に置かれている環境が好きなのです。だからと言って、引っ越し後ひと月を経ても、中身が入ったままの段ボールが多数放置されているのはどうかと思いますが……。きっとそのうち片づけるはず！

さて、「婚活中」に続いての「新婚中」が本作になるわけですが、本編以外にも番外編で裏事情やネタを仕込んでいたりします。今回一番書きたかったのは、ベルさんとフィリオの短編の話で、内容はここでは割愛しますが、いつかは出したいシーンとして頭の中にありましたので、ここで出すことが出来てよかったです。

小ネタとしてなら別の場所でも出すことは出来ますが、余韻を感じるためには是非とも「新婚中」内の話と連動させる必要があり、それを効果的に印象づけられるのは本作しかありませんでした。短いシーンですが、そこがすべてと言ってもいいと思います。よかったと思っていただければ嬉《うれ》しいです。

＊＊＊＊＊＊　おまけのエメ編　＊＊＊＊＊＊

この屋敷はとても居心地がいい。ウェルナードと共に暮らすようになって二十七年になるが、エメが一番気に入っているのは森屋敷だった。深い木や草の匂いは、獣《けもの》の本能に安心を齎《もたら》してくれる。長く生きて来たエメの生の中で、ウェルナードといる今が一番楽しい。そのウェルナードにもやっと番《つがい》が出来た。この子が番を得るのは無理なのかもと思っていたから、とても嬉しかった。気立てのよい少年で、心の匂いが爽《さわ》やかだ。ウェルナードの小さな番と話をするのも、一緒に昼寝をするのも、毛繕《けづくろ》いをして貰《もら》うのも、すべては心地よい。本当にウェルナードはいい番を得たと思う。今は夜中だが、番と仲良くする日だったようで、先ほどから甘い声が聞こえて来る。仲がいいのは良いことだと目を細めて尾を振りつつ、一つだけ思う。獣の耳は、交尾中の声以外にもっと細かな音までも拾ってしまうから、出来れば窓は閉めて貰いたい。

初出

将軍様は新婚中	商業誌未発表作を大幅改稿
とある兵士たちの観察と検証	書き下ろし
とある王子の暗躍と結果	書き下ろし
守るべきもの	書き下ろし

月神の愛でる花

つきがみのめでるはな

朝霞月子
イラスト：千川夏味

本体価格855円+税

見知らぬ異世界へトリップしてしまった純情な高校生の佐保は、若き皇帝レグレシティスの治めるサークィン皇国の裁縫店でつつましくも懸命に働いていた。あるとき、城におつかいに行った佐保は、暴漢に襲われ意識を失ってしまう。目覚めた佐保は、暴漢であったサラエ国の護衛官たちに、行方不明になった皇帝の嫁候補である「姫」の代わりをしてほしいと懇願される。押し切られた佐保は、皇帝の後宮で「姫」として暮らすことになるが……。

リンクスロマンス大好評発売中

月神の愛でる花 ～澄碧の護り手～

つきがみのめでるはな～ちょうへきのまもりて～

朝霞月子
イラスト：千川夏味

本体価格855円+税

見知らぬ異世界・サークィン皇国へトリップしてしまった純情な高校生の佐保は、若き皇帝・レグレシティスと出会い、紆余曲折を経て、身も心も結ばれる。皇妃としてレグレシティスと共に生きることを選んだ佐保は、絆を深めながら幸せな日々を過ごしていた。そんなある日、交流のある領主へ挨拶に行くというレグレシティスの公務に付き添い、港湾都市・イオニアへ向かうことに。そこで佐保が出会ったのものは……!?

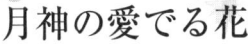

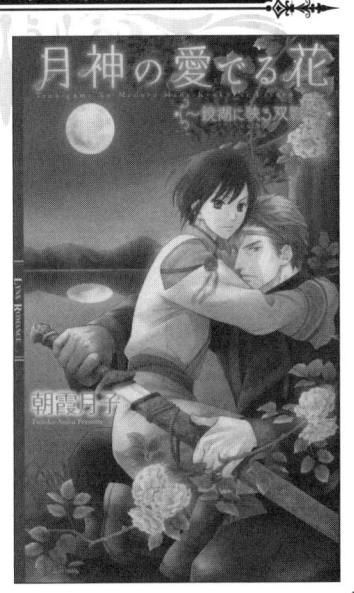

月神の愛でる花
～巡逢の稀人～

つきがみのめでるはな～じゅんあいのまれびと～

朝霞月子

イラスト：千川夏味

本体価格870円+税

異世界・サークィン皇国にトリップしてしまった純朴な高校生・佐保は、毒の皇帝と呼ばれる若き孤高の皇帝・レグレシティスと出会い、紆余曲折の末結ばれ、夫婦となった。建国三百周年を翌年に控えた皇国で、皇妃としてレグレシティスに寄り添い、忙しくも平穏な日々を送っていた佐保。そんなある日、自分と同じように異世界からやって来た『稀人』ではと推測される、記憶を失った青年が保護されたと聞いた佐保だったが……？

リンクスロマンス大好評発売中

月神の愛でる花
～巡逢の稀跡～

つきがみのめでるはな～じゅんあいのきせき～

朝霞月子

イラスト：千川夏味

本体価格870円+税

異世界・サークィン皇国にトリップしてしまった純朴な高校生・佐保は、若き皇帝・レグレシティスと結ばれ、皇妃となった。頼もしい仲間に囲まれながら、民に慕われ敬われる夫を支え、充足した日々を送る佐保だったが、ある日、自分と同じように異世界から来た“稀人”と噂される記憶喪失の青年・ナオと出会う。何か大きな秘密を抱えていそうな彼を気に掛ける佐保だが──？　新たな稀人を巡る物語、いよいよ感動のクライマックス！

第八王子と約束の恋

だいはちおうじとやくそくのこい

朝霞月子
イラスト：壱也

本体価格870円+税

可憐な容姿に、優しく誠実な人柄で、民からも慕われている二十四歳のエフセリア国第八王子・フランセスカは、なぜか相手側の都合で結婚話が破談になること、早九回。愛されるため、良い妃になるため、嫁ぐ度いつも健気に努力してきたフランは、「出戻り王子」と呼ばれ、一向にその想いが報われないことに、ひどく心を痛めていた。そんな中、新たに婚儀の申し入れを受けたフランは、カルツェ国の若き王・ルネの元に嫁ぐことになる。寡黙ながら誠実なルネから、真摯な好意を寄せられ、今度こそ幸せな結婚生活を送れるのではと、期待を抱くフランだったが——？

リンクスロマンス大好評発売中

獅子王の寵姫
第四王子と契約の恋

ししおうのちょうき　だいよんおうじとけいやくのこい

朝霞月子
イラスト：壱也

本体価格870円+税

外見の華やかさとは裏腹に、倹約家で守銭奴とも呼ばれているエフセリア国第四王子・クランベールは、その能力を見込まれ、シャイセスという大国の国費管理の補佐を依頼された。絢爛な城に着いて早々財務大臣から「国王の金遣いの荒さをどうにかして欲しい」と頼まれ、眉間に皺を寄せるクランベール。その上、若き国王・ダリアは傲慢で派手好みと、堅実なクランベールとの相性は最悪…。衝突が多く険悪な空気を漂わせていたのだが、とあるきっかけから、身体だけの関係を持つことになってしまい——？

ちいさな神様、恋をした

ちいさなかみさま、こいをした

朝霞月子

イラスト：カワイチハル

本体価格870円+税

とある山奥に『津和の里』という人知れず神々が暮らす場所があった。人間のてのひらほどの背丈をした見習い中の神・葛は、ある日里で行き倒れた画家・神森新市を見つける。外界を知らない無垢な葛は、初めて出会った人間・新市に興味津々。人間界や新市自身についての話、そして新市の手で描かれる数々の絵に心躍らせていた。一緒に暮らすうち、次第に新市に心惹かれていく葛。だがそんな中、新市は葛の育ての親である千世という神によって、人間界に帰らされることに。別れた後も新市を忘れられない葛は、懸命の努力とわずかな神通力で体を大きくし、人間界へ降り立つが……!?

リンクスロマンス大好評発売中

恋を知った神さまは

こいをしったかみさまは

朝霞月子

イラスト：カワイチハル

本体価格870円+税

人里離れた山奥に存在する、神々が暮らす場所"津和の里"。小さな命を全うし、神に転生したばかりのリス・志摩は里のはずれで倒れていたところを、里の医者・櫨禅に助けられ、快復するまで里で面倒をみてもらうことになった。包み込むような安心感を与えてくれる櫨禅と過ごすうち、志摩は次第に、恩人への親愛を越えた淡い恋心を抱くようになっていく。しかし、櫨禅の側には、彼に密かに想いを寄せる昔馴染みの美しい神・千世がいて……？